清点心灵

邓崇德　著

黄河出版传媒集团
阳　光　出　版　社

图书在版编目(CIP)数据

清点心灵 / 邓崇德 著.--银川：阳光出版社，2016.12

ISBN 978-7-5525-3409-2

Ⅰ.①清… Ⅱ.①邓… Ⅲ.①散文集-中国-当代 Ⅳ.①I267

中国版本图书馆 CIP 数据核字 (2016) 第 324484 号

清点心灵　　邓崇德 著

责任编辑 谢 瑞
封面设计 尚 艺

黄河出版传媒集团 阳光出版社 出版发行

地　　址 宁夏银川市北京东路 139 号出版大厦(750001)
网　　址 http://www.yrpubm.com
网上书店 http://www.hh-book.com
电子信箱 yangguang@yrpubm.com
邮购电话 0951-5044614
经　　销 全国新华书店
印刷装订 四川金邦印务有限公司
印刷委托书号 (宁)0004069

成　　品 210mm×145mm 1/32
印　　张 4
字　　数 80 千字
版　　次 2016 年 12 月第 1 版
印　　次 2016 年 12 月第 1 次印刷
书　　号 ISBN 978-7-5525-3409-2

定　　价 38.00 元

目　录

快乐老家

冬至来临，老父亲从乡下老家打来电话说，老四托人喂养的年猪可以宰杀了，喊我们无论如何都要抽时间回去一趟，并一再提醒冬至那天正好是星期天。于是我们就准备了满满一腔喜悦的心情，在《常回家看看》的歌声中，带上孩子，陪同爱人，踏上了回家之路。同行的还有一帮志同道合的朋友和他们的家人。尚未到家，那香薰四邻的“刨锅汤”（各地叫法不太一样，有的叫刨猪汤，有的叫年猪汤，还有的叫袍哥汤，这里就取我们这个地方的叫法吧）早已经飘到我面前，耳边仿佛又想起了“红萝卜，蜜蜜甜，看到看到要过年；过年又好耍，调羹（川南话，指汤勺）舀汤汤，筷子拈嘎嘎（音 gā，指猪肉）”那欢乐、明快的儿歌。

冬至前后杀年猪过大年，是我们中华民族传承了三千多年的风俗。在经济欠发达、人们尚在温饱线上下徘徊的那个年代，每年能够杀一口年猪过大年，对于农村人来说是一件大事。现在还有一些地方流传着这样一首童谣：“小孩小孩你别哭，进了腊月就杀猪；小孩小孩你别馋，进了腊月就是年”。所以杀年猪在农村是作为一个节日来过的，也掀起了春节前一个小高潮。因此，一家人很早就开始谋划，小孩们则掐着指头计算过大年的时间。讲究的人家还要翻翻黄历，看看日子，选择一个逢“杀口”的吉日。正式杀年猪那天还要焚上三支香，点上一对烛，秉告老先人的在天之灵：您的儿子儿孙们过上了幸福生活。“杀猪过年，样样齐全”，也寓意着一年的圆满收官。

一般情况下，杀年猪时，周围总有一两个关系较好的乡亲要来帮忙，名曰“按二把。”今年我们四兄弟带城里有些一辈子没见过杀年猪的哥们来了，主要是想感受一下杀年猪的热闹，吃一顿传说中的“刨锅汤”，当然这“按二把”的事情就是他们的了。不过父亲还是喊了几个乡亲来帮忙，也是表达感激之意。在父亲的调度下，“刨锅汤”的序幕拉开了，挖地灶的，找柴火的，借杀猪凳的，做饭的，接杀猪匠的……都在有条不紊地进行着。

在大人们忙着杀年猪的时候，一起来吃“刨锅汤”的那帮小孩子，他们对这古老的风俗已经没有多少感触了，在他们心里似乎就是一顿简简单单的午餐或者晚餐罢了！更没多少兴趣面对这血腥的场面。在他们的情感世界里，更多的应该是奥特曼、平版电脑、手机游戏等这些具有现代元素的东西。所以在大人们忙碌于“刨锅汤”时，我那当大姐的女儿便带着他们忘情于各种游戏和娱乐活动中，秋千上不时传来银铃般的笑声，乒乓球桌上不分上下厮杀正酣，台球桌上俩俩对垒难分输赢，羽毛球难分高低来回较量……个个笑逐言开，不亦乐乎！

在杀猪匠的统筹指挥下，大家齐心协力七手八脚，不大一会儿工夫，就把年猪刨得干干净净。当屠户的利刃从猪背上轻轻滑过的时候，厨房里老三主厨，夫人带领几个女伴打下手的“刨锅汤”头道菜连锅子（这是一个大杂烩，里面还有心肺、粉肠、五花肉、萝卜等）已经下锅，红烧血旺、肝腰合炒、蒜苗回锅肉、青椒肉丝、蒜泥白肉、火爆肚头、大蒜肥肠、川汤肉片等具有农家风味的菜品一应俱全，当然粉条炖土鸡是必不可少的。弄得满满一桌后，大家就开始“悬酒”了。

在我老家还有一种东西是很受朋友们称道和喜欢的，那就是香浓可口的“蜂蜜酒”，它给大家留下了悠长的记忆。自改革开放以来，我们家就有饲养蜜蜂的习惯，一直持续了几十年，到现在都还有七八群遍布老家房前屋后，每年能收获几十斤纯天然蜂蜜供我们享用，自诩为“甜蜜人生”。只要有客人来访，父亲总会拿出蜂蜜酒招待，直到一醉方休。甚至有的朋友是很多年前喝过的，但那清香纯正、口感良好的佳酿始终萦绕在他们心头。

老人家一辈子不容易，就图个团团圆圆。看到晚辈们个个兴高采烈，老父亲喜不自禁，心里比吃了蜜还甜。今天自然拿出了刚刚采下的“百花蜜”，这可是蜂蜜中的极品，仅看看金黄的颜色就早已让人馋涎欲滴。稍微加热后，再按一比一的比例兑上四弟从酒厂买来的纯高粱白酒。一顿“蜂蜜酒就刨锅汤”的农村盛宴就开场了。酒过三巡，菜过五味，“点球大战”正式开始，我一句“感情深，一口闷；感情浅，舔一舔”，他一句“兄弟感情好，一杯不能少”，此起彼伏好不热闹。不一会儿，一盆蜂蜜酒就在这推杯换盏中见底了。当另一盆蜂蜜酒端上桌子时，轮流打庄划拳开始：“弟兄好，再好好，一颗指、两兄弟、三元会、四季财、五金魁、六六顺、七个巧、八匹马、九好九、满十载……”不几个回合，我技不如人，加上酒量欠佳，首先败下阵来。与我同样不胜酒力的还有一位“文青”七七，借口净手，溜出“战场”。

这边“酒战”正酣，那边孩子们游戏活动也渐浓。城市里的孩子和农村的孩子碰到一起后，互相交换着游戏，农村的孩子已经学会“泡泡龙”“连连看”“俄罗斯方块”等等。城市的孩子却拿着一点肉皮逗蚂蚁，嘴里还不时哼着：“黄丝黄丝蚂蚂，请你家公家婆来吃嘎嘎，大的不来，小的来，车车马马一起来。”我和七七带着醉意，觅着这熟悉的儿歌，来到户外塘边，选择一石凳坐下，微风轻拂，栀子飘香，茶梅开得正艳，红的似火，白的如雪，把我家小院装点得姹紫嫣红。冬日的暖阳把将要冬眠的鱼儿也吸引出来了，好一幅“鱼嬉图”呈现在我们面前，我不禁随口吟道："门前小池碧溶溶，锦鲤嬉戏逐浪中。"七七也来了兴致，接道："苔草绿、鱼儿红，斑驳水岸挂彩虹。"我又想到一句："悠悠岁月蒙尘土，一泓清波洗春秋。"七七微笑着随声结句："喜得池中风和月，无牵无挂更无忧。"哈哈哈……

在这初冬的风景中，我们如醉如痴，享受着大自然的恩赐，七七指着对面一个石包略有所思地对我说，你看那块突兀的巨石上不是很适合建一个凉亭吗？而且与屋后的竹林和庭前鱼池相互衬托遥，相呼应，还给你这老家增添了几分文气，并且说亭子名字都替我想好了，就叫"听风亭"吧。在亭柱上配一幅对联：竹影婆娑起舞，碧水涟漪清清。不是很有诗情画意吗？是啊！现在农村经济发展了，政府也颁布法令保护私有财产，农村怎么就不可以像城市一样也建一些亭台楼阁呢？或许我们四兄弟还会像以前一样，有钱出钱，有力出力，把我们的"快乐老家"变成一个农家庄园——"访梅园"。

父亲那块上海表

手表在国人心中是有一定位置的，不然也不会演绎出那么多故事来。

在生活物资相对匮乏的 20 世纪六七十年代，手表作为一种“奢侈品”，是很受人们青睐的，特别是拥有一块上海牌手表，那是件很荣耀的事情。记得 70 年代中后期姑娘出嫁的标志性嫁妆叫“三转一响”——三转指的是手表、缝纫机、自行车；一响是指收音机。手表位列其中，其重要性可见一斑。

我真正接触到手表已经是八十年代初期了，大概是 1982 年或 1983 年吧，我初中毕业面临中考，是家里的重点保护对象，父母兄弟们都在围着“中考”这个指挥棒转，我的作息时间就显得极为重要，什么时候起床、什么时候睡觉都有严格规定。特别是会考之前的各种模拟考试时间掌握那就更来不得半点差池，所以权衡再三，父亲还是把那块才买不久的上海表“借”给我了，说好毕业会考一结束就还给他。有了手表好不风光，我喜不自禁！

说起这块上海表，还有一个故事保存在记忆里。我家在农村，尽管父母都有工作，但那点微薄的工资在那个年代要维持一家7口的正常生活，还是举步维艰的。所以当党的十一届三中全会结束后，政策允许农民发展副业时，我们家瞅准时机便开始养蜂、做红苕糖、养鱼等补贴家用。渐渐地我们家开始殷实起来，逐步就有了积蓄。父亲就开始筹划买一块手表，他毕竟是公社的八大员之一，也是个所谓的“干部”，经常要开个会啊，下个乡啊什么的都离不开准确掌握时间。但是家里的财政大权被母亲牢牢控制着，母亲的计划当然是为了我们四兄弟的学业，她说：“娃儿些眼看着就陆续到了上学的年龄，用钱的地方多着呢，买手表来干什么，糟蹋钱！”所以母亲就身先士卒，连自己教书上课也只买了一个15元的马蹄闹钟。那闹钟每天跟随母亲风雨无阻地奔波在“学校——家里——学校——家里”一条线的教学路上，至今那马蹄钟的“嘀嗒嘀嗒”声还在我耳边回荡！

在如此“严峻”形势下，父亲的零花钱当然也没几个“子儿”，要想积攒起来买个手表，那可能要等到猴年马月了，眼看手表计划就要落空了。俗话说“你有长箩索，我有翘扁担”。于是父亲就在他经营的“一亩三分地”上动起了“歪脑筋”。经过父亲几年的辛勤耕耘，我们家的养蜂业已是风声水起，已经达到专业户的水平了，就因为这个情况，父亲还被县上推荐到当时的宜宾地区去参加过表彰大会呢。那时整个硐底槽到处都是我们的蜂桶，所以只要是在外（指家庭以外）取蜜售蜜，父亲总会让一些老客户暂不付现金，在那个小本子上签字记账即可。这样一来，母亲看见的就只有数字了，有时连数字也不很准确。如此这般，这笔钱的实际控制权就牢牢掌握在父亲手里了。日积月累，不到一年时间，父亲居然就把购表经费积攒齐了。那个年代生活物质奇缺，要想买到一块上海表还是要托关系走后门的。好在父亲在公社工作，也有些“手眼通天”的朋友，没几天那块明晃晃的上海牌表就套在父亲手腕上了。耗资125元！当父亲偷偷摸摸把手表带回家时候，还是被母亲发现了，又是好一顿埋怨。幸好父亲早就想好了一套说辞才蒙混过关。父亲说，买手表也是为了娃儿啊！老大不是初中快毕业了吗？生活、学习、考试都要掌握好时间，这个手表买得不正是时候吗？听父亲这么说，母亲自然就无言以对了。所以当我提出要使用手表时，父亲虽很不情愿但依然把手表“借”给了我。

生平第一次戴手表，那感觉真是风光之极，有意或者无意就把袖口挽起来，时不时还抬起手腕看看，不时也有小伙伴过来摸摸、瞧瞧，走在路上都觉得自己忽然高大起来了，昂首挺胸，手杆甩得老高，兄弟们就更是羡慕不已，有事无事都要问问“大哥，多少时间了”心里那个自豪啊早已溢于言表。有一天，见一群小伙伴打乒乓球，我也过去凑凑热闹，自然是想炫耀一下自己的手表。于是早早就把袖子挽起，三五回合下来，胜负难定。老对手也不甘示弱，准备大战个三百回合，拼杀正酣，一不小心左手居然碰到球桌边缘，由于失去衣袖的保护，手表的表面玻璃当场就破碎了……我那个后悔哟，真是难以言表，其后果可想而知……

这个场景在我当时幼小的心灵上留下了深刻记忆，以至于三十多年后偶然看到电视里、网络上那些“表叔”“表婶”“表哥”“表姐”“表弟”“表妹”们因为手腕上一块名表（那才是真正的奢侈品，据说一块要几十万）而身败名裂时，也不禁为之惋惜。如果他们的手表也像我父亲那样是通过诚实劳动而获得，也不至于让网友们来一个什么“人肉搜索”就原形毕露，甚至还牵扯出其他一些见不得天的事情出来。如果他们不像我那样有意炫耀（或许他们是无意的）自己有一块高档手表，也不至于让人家揪住辫子一查到底啊。他们的结果可想而知，肯定比我惨多了，丢官的丢官，判刑的判刑。到这时才想起不该干的事情不干，不该伸的手不伸，不过为时已晚。

本来，这世上就没有后悔药……

吾家有女初长成

又是一年芳草绿，又是一年菜花黄。日复一日，年复一年，日子像流水一样从我身边匆匆而过，多少个寒暑易节，多少次花开花落，带不走我对女儿的殷切期望。二十二年的焦渴与等待，二十二年的期冀和盼望，二十二年的欢乐与喜悦，都镌刻在女儿一路春风得意的印痕上。

“1992 年，又是一个春天……”动人的歌声从耳边飘过，优美的旋律响彻大江南北。一刹那，天地间便荡起滚滚春潮，春风已吹绿了东方神州，春雨正滋润着华夏故园。这一年，我们家也发生了“春天的故事”。伴随着浓浓深情的旋律，在花红柳绿蜂飞蝶舞的季节里，在西南一隅的竹海之都竹乡长宁，我家“故事”的主角——我们的女儿“闪亮登场”了！

初为人父的我，被“哇哇哇”的啼哭声惊呆了，这声音源自肺腑，来自于新生命对世界的好奇与振奋。这声音对我来说虽然陌生，但听着却像天籁之音，我好一会儿方才如梦初醒，因按捺不住内心的激动与喜悦，手足无措地在产房外走来走去。当我懵懵懂懂地从白衣天使的手中接过自己另一个鲜活生命的时候，却说了一句让所有人都大跌眼镜的话：“哥们，我是你老爸，认识不？”襁褓中的女儿，粉嘟嘟的脸上没有一点表情，睁只眼闭只眼地瞄我一眼，那意思好像是说：“我们认识吗？”冥冥中，我感觉命运之神让我们骨肉相连，上天赐给我这段前世今生的血缘，我必须倍加珍惜，用心呵护，让她健康快乐地成长。

女儿开始蹒跚学步，呀呀学语，并逐步进入学前教育阶段，这是她走向社会关键的一步，我们不敢掉以轻心。虽然自己没有什么育儿经验，但有老辈人的关怀，自然省心不少。尽管如此，我还是买来《育儿大全》照本宣科，无论如何也不能让女儿输在起跑线上啊！于是只要有空，我总要给她念一些唐诗宋词（尽管有的诗词自己也不懂），哼几句经典歌曲（尽管自己五音不全），读一读汉语拼音和英语字母 ABC（尽管自己发音不准）。我也不知这般辛苦能否对提高女儿智力起到作用，但还是一如既往锲而不舍。后来看见一篇育儿专家的文章说，如果只对幼儿进行声响教育，会使幼儿左右脑发育失衡。这让我大吃一惊，没有想到自己的百般辛苦，会给女儿健康成长造成影响。于是，又赶紧做画板购颜料买画笔让女儿学习绘画。没有名师指导，只能自己临摹画稿，绝大多数都是信手涂鸦。一段时间下来，也能画一些猫啊狗啊花啊草啊等等什么的。有一天，她拿出一张画稿给我看，并问我像谁：圆圆的脑袋，小小的眼睛，直冲冲的头发，满脸漆黑。我说从来没见过这么丑的人，她微笑着指着满脸络腮胡的我说："画的就是你。嘻嘻！"

到了上学年龄，送至老师门下，犹如把一只快乐的小鸟关进了知识的鸟笼，成天就是作业啊试题啊背诵啊这些枯燥无味的事情。随着学龄增长，书包越来越重，看着女儿瘦小的身体上背负着和她体重差不多的书包时，我的心情是复杂的。一方面为女儿小小年纪就承担繁重的学习任务而揪心，另一方面又为她以后的升学压力而担心，更为她积累扎实的原始知识而欢心。好在女儿天生就是一块学习的料，潜意识里早就具备了适应这种环境的能力，对应试教育的方式并不反感和抵触，所以学习并不感到很吃力，而且一直是名列前茅，这让我们宽心很多。因为女儿的表现突出，我也跟着沾光，被学校推举为家长委员会成员，有更多的时间和机会与老师交流，这对女儿的成长是有益的。毕竟老师是最了解学生学习情况的人，而且有一些问题也需要家长的配合，因为家长才是孩子的监护人。只有老师和家长共同携手，才能为孩子创造一个美好的未来。

在老师的鼓励下，从小学四年级开始，我们又给她添加了额外的学习任务——英语。因为这个学习阶段学校还没有开设英语课程。但是我们敏锐地意识到，在我国正式加入 WTO 以后，国家正在加速国际化进程，中国将更广泛地融入世界经济中。英语作为世界性语言，必然有其广泛性、重要性和实用性。所以我和她母亲商量了一下，毫不犹豫地把女儿送到了当地一个很有名气的英语老师那里学习。在老师的谆谆教诲下，女儿学得很愉快，学习成绩直线上升，每次阅读听写考试，女儿总能获奖，直到把老师准备的奖品领完。功夫不负有心人。在老师的提议下，我们陪同女儿到成都参加自修外语等级考试（FET）。当女儿微笑着从考场出来，双手向我们比划着“V”字的时候，我知道我们的辛苦没有白费。不久便收到通知，女儿参加成都市自修外语等级考试，成绩优秀，被授予自修“少儿三级”证书。那年女儿刚满 13 岁。正是这样的原始积累，才有她在初中、高中和大学里的得心应手、如鱼得水。这是后话。

应试教育的最大特点就是考试，分数是一条难以逾越的红线。考试对于一个学生来讲就像沙场点兵，也像大浪淘沙，有很多孩子就是在这永无休止的考场上丧失信心折戟沉沙。我没有统计过，一个学生从小学一年级开始到大学毕业，要经历多少场大大小小级别不一的考试煎熬。这对于正处在心理发育期的孩子来说，很容易出现情绪波动，自信心也容易受到打击，对他们的健康成长很不利。这就需要老师和家长针对孩子的情况及时疏导，以免出现“考试综合症”。所以，从女儿上学伊始，我总要给她说：考试其实就是检验一下前期的学习情况，与平时做作业没有什么两样，只要认真对待就行了。尽管有时分数不很理想，我们也从来没有责怪过，还帮助她分析原因，查找纰漏，及时弥补。女儿也乐得和我们交流，一起分享成功的喜悦以及失败的懊悔。很多时候，我们之间不像父女母女关系，更像朋友和闺蜜。只要她通过努力有一点进步，我们都要及时给予精神层面的鼓励，极大地增强她的自信心。其实老师和家长恰当的精神鼓励比物质奖励要管用得多，特别是对90后这些讲究个性张扬的孩子更有意想不到的效果。久而久之，女儿就摸索到了考试要领，终于在那个“黑色七月”，“过五关斩六将”，顺利跨入大学校门。

或许真是前世注定的血缘，女儿考取的大学居然是我二十四年前就读的校园。这就是位于都江堰市灵岩山下风景如画的原四川省林业学校，现在已改制为国家211工程重点大学——四川农业大学都江堰校区。送女儿到校时，看着熟悉的环境，一草一木皆是情，虽已物是人非，但二十多年前自己的学生时代的生活又浮现在眼前，给我喜悦的心情增添了无限感慨。更令我没有想到的是，我以前的班主任老师居然又是女儿的英语老师。这真是命运造化，也是女儿的福气，得到老师的悉心照顾，大一上半期女儿就顺利通过了英语四级考试，下半期又通过六级考试。后来她又连续两次参加英语六级考试都获得优异成绩，带给了我们莫大的安慰。

大学里，女儿时刻不忘奋勇争先，获得学校和老师的一致好评。2012年初，我欣喜地收到学校寄来的喜报：亲爱的家长，您孩子在2010—2011学年度勤奋刻苦，品学兼优，成绩优异，获评三好学生。捧着这份喜报，我们喜出望外，高兴了好一阵子。她母亲特意做了最拿手，也是女儿最喜欢的“红烧鸭”，不辞几百公里的辛劳，专程送到学校犒劳了她一番。除了完成学习任务以外，女儿还被推举为班里的女生委员、组织委员和宣传委员，她的社会实践能力得到极大提高，兴趣爱好也越来越广泛。为了工作的需要，她提出要买一个相机，我毫不犹豫就答应了。因为我的摄影爱好也是从这校园开始的。不久，她就给我发来几张照片，还命了题目：秋色满园。照片让我眼睛一亮，这不是学校久负盛名的银杏园吗？我曾经不也是徘徊在这梦幻般的小径上吗？欣喜间，我脑海里出现这样几句话：我的梦，曾在这黄金满地的银杏园中，诞生。曾经的风，送来秋的讯息，我的梦，仍在我生命延续中，继续……

光阴似箭，日月如梭，一晃女儿就要大学毕业了。秋天里，正是收获的季节，我家“春天的故事”还在继续上演。女儿的新征途上又扬起浩浩风帆，她的人生展开了新画卷，给我们捧出了万紫千红的“春天”。凭借过硬的英语功底，没费多少功夫，她就被一家“世界五百强”的外企录取做财务助理，这给了我们最大的安慰。二十二年了，多少辛酸，多少惊喜，多少付出，多少回报，都凝结在这一刻：女儿已经成为社会的有用之才，可以为国家的全面发展贡献自己的聪明才智了。这可能是天下父母的共同心愿，也是所有父母一生最大的成就吧！

·清点心灵·

人们常说，女儿是父亲的前世情人、贴心小棉袄。这话一点没错，不过我觉得女儿还是父亲的开心果、幸福源。正像刘火先生说的：爱女儿/一分一厘长大/心心与父贴近/像母亲/更像/情人。春节女儿放假回家，我们燃放了一个许愿灯，并许下了我们共同的心愿：点燃久藏心里的期盼，把一笼灼热的相思，放飞在深邃的夜空，默默等待，前世今生的约定……

信　封

信封，顾名思义，乃装递书信的封套。按照百度百科名片的解释，信封一般是指人们用于邮递信件，保护信件内容的一种袋状包装，通常是长方形的纸袋。由此可见，其功能一目了然，信封就是一种传递书信的工具。但是随着科学技术的发展，电子科技时代到来，特别是互联网技术的不断升级和智能手机的普及，人们的情感交流和信息互换也在弹指一挥间。信封的功能在时代的风起云涌大浪淘沙中悄然变化，许多悲欢离合的故事也在这小小的信封中发生着……

信封在我国起源于两千多年前的秦汉时代，当时文书和书信都刻写在木板和竹简上，为了保护书信完好无损，就用两块刻成鲤鱼形状的木板，夹在文书简牍的外面。木板上还有三道线槽，用细绳捆绑三圈，然后再穿过一个方孔缚住，在线端或者交叉处加以检木，封上黏土并加盖印章，以防私拆。这就是我国历史上最早的信封，因为信封上有鲤鱼形图案，所以古人就把这种信封叫“双鲤”或者“鳞鸿”。

记得汉乐府民歌《饮马长城窟行》中有这样一个故事：“客从远方来，遗我双鲤鱼，呼儿烹鲤鱼，中有尺素书”。其实明眼人一看就明白，这是某人收到一封朋友（或许也是亲人）从远方捎来的书信，喊儿子来阅读信件的情景。故事用“烹鲤鱼”这样形象生动的词语来表达，给人以亲切之感，同时也让人感受到阅读书信之人的喜悦心情。“双鲤鱼”信封在我国沿袭很久，直到唐代还有仿制。

信封承载着情感交流和信息沟通的重任，在人类历史长河中留下了许多可歌可泣永载史册的痕迹。一句“烽火连三月，家书抵万金”就道出了那个年代心酸与苦难的历史，以及对亲人的无限思念之情。其实诗人在这里说的“家书抵万金”只是一个形象的比喻罢了。真正一封书信就值“万金”甚至“百万金”的故事发生在近代。据有关资料记载，大概是1934年6月8日，鲁迅先生给时任《生活周刊》《论语杂志》主编陶亢德先生写了一封信，大意是对学习日文的看法。鲁迅认为学习日文只要能够看懂论文就可以了，至于读文艺，却实在有些得不偿失，而且日文没有完备的字典，又没有伟大的创作，学习起来是非常吃力的，所以，鲁迅建议陶亢德如果有时间和力气的话，还不如学一种西文（这里指欧洲文字）。就是这封200余字的书信，最近拍出了655．5万元的天价，不含标点符号，每字3万金。这封简短的书信为什么在今天能拍卖出如此天价，除了与鲁迅先生和陶亢德先生的名气有关外，恐怕也与现在已经少有人像这样一笔一画、一字一句、情真意切且用毛笔书写信件有关吧。

科学技术的发达进步，丰富了现代人们的生活，特别是信息技术的广泛应用，极大地方便了人们的沟通与交流，就连过年过节这种中国人认为非常重要的时刻，其祝福之词问候之语除了少数使用手写书信和E－mail表达外，恐怕绝大多数都是在手机的方寸之间传递。据说每年春节前后，手机信息发送量暴增，甚至造成了信息“塞车”，闹出了不少误会与不快。有一年大年三十晚上，我们一家人正其乐融融地观看春节联欢晚会，“嘟嘟”，突然一条信息窜入我手机。一看，是一位远方朋友发来的祝福短信，我自然欣喜若狂，已经多年未见，不知道有何惊喜之词，急忙点击手机查看，信息前段让我高兴无比，毕竟多年的情谊还是经受住了时间和空间的考验，可落款却让我傻了眼，显示的根本就不是朋友的大名，而是一个我根本就不认识的人名，而且是一个一看就能够让人产生幻想的女人芳名。最让我尴尬的还是妻子看到这个情真意切的短信后，要我老实交待事情的原委。我的天啊！我怎么说得清楚嘛！我实在不知道这信息是不是朋友自己写的，是不是出自内心的真情实感！后来，我想了一下说：大概是由于刚才信息

“大塞车”，人家发给情人的信息跑到我这里“串门”来了吧！尽管如此，我的手机还是被监视了好一阵子。像这样的信，且不说能不能抵“万金”，恐怕连保留的价值也没有吧！所以鲁迅先生的信件有收藏价值且拍出如此高价也就见怪不怪了，毕竟那是用毛笔写的方块字，是我们的国粹。长此以往，那些还有一定历史价值的信件也许还有升值空间。

俗话说，人尽其才，物尽其用。信封虽然逐步丧失了寄信功能，但是它却被人们赋予了“更重要”的用途。最近，某检察院对一位领导干部实行“双规”后，在其办公室搜出了一摞信封，有的打开了，有的没有打开，没有打开的里面全是一沓一沓的人民币。这小小的信封里面尽管没有只言片语，却还是成为贪婪之人走上不归路的确凿证据。

如此看来，在物欲横流的年代，信封丧失的不仅仅是功能，还有我们中华民族几千年的文化……

我爱我家

“想要有个家，一个不需要华丽的地方，在我困倦的时候，我会想到她……”深情、温馨的旋律把我零散的思绪串联起来，沿着家门口那条蜿蜒的路，穿越时光隧道，回到我记忆中五十多年前的家。五十年风风雨雨，五十年相濡以沫，五十年勤劳致富，成就了我们一家人梦寐以求的小康生活。娘娘（本地对奶奶、婆婆的尊称）亲手种植在户外塘边的三棵香樟树见证了整个过程。

我们第一个家的确没有“华丽”可言，甚至非常寒碜。唐代大诗人杜甫《茅屋为秋风所破歌》叙述的场景，大体和我记忆中的老家差不多。据老父亲讲，我们的祖上从外地迁徙到这里，大概是 1962 年，那时我们四弟兄都还在“瓜国”遨游，是命运之神将我们聚集在一起的。从我记事那天起，我就知道自己出生在一个“贫下中农”家庭。其实我们的祖辈并不是那么穷，虽说是佃户，但那个年代每年也有几百担收成，家里还喂养了10多头大牲畜，依然一副“小地主”姿态。由于我们祖辈乐善好施，普济众生，加之自然灾害频发，家景每况愈下，到老爷这一代时，居然就跨进了“贫下中农”行列。当然也赶上了“根红苗正”的年代，我们四兄弟也在这“无上荣耀”的光环下健康成长，真应了一句老话：“祸兮福之所倚，福兮祸之所伏”。这人世间有很多事情就是这样具有戏剧性，有一些是不随人的意志转移的，不管别人信不信，反正我家祖辈积德向善、福及子孙，让我们家经历了一个又一个辉煌。这是后话暂且不表。

“金窝银窝不如自己的狗窝。”我们家虽然清贫，但一家人其乐融融，倒也温馨无比。父亲在当时的村小学当了一段时间教师，又在村里做了两年会计后，一个偶然机会在人民公社谋到了一个小小职位。由于工作关系，利用业余时间，练得一手好字，特别是那手正楷毛笔字写得方方正正，苍劲有力，深受乡亲们青睐。就是到现在我们村不管哪家办红白喜事，基本上都是请我父亲帮忙记录“人情簿”。因此父亲常常教育我们说：字是打门锤锤，必须好好练习。只要一有空，他就逼迫我们练习毛笔字。不但手把手从握笔、起笔、运笔、驻笔及点横竖撇捺弯钩等最基本的功夫开始教起，还买来字帖让我们临摹练习。为了提高我们的学习兴趣，父亲还从他的零花钱中拿出一部分成立

“书法奖励基金”，只要有一点点进步，他都要给我们1～5分钱的奖励。在这种现实利益的“诱惑”下，我的毛笔字水平提升很快，从小学到初中毕业，班上的黑板报基本上都是我包了，有时别的班忙不过来，也请我去帮帮忙，我也在同学们羡慕的眼光中乐此不疲。虽然后来在书法领域没有多少造诣，但却在我幼小的心灵上埋下了文学艺术爱好的种子。

母亲中师毕业后，就在我们邻村一所小学当教师。母亲是我的启蒙老师。每天当太阳从地平线冉冉升起，第一束阳光照射到老家门前那条弯弯曲曲的路上时，我便像“小尾巴”一样紧紧跟着母亲，伴随着提包里马蹄钟有节奏的“嘀嗒嘀嗒”声，风雨无阻地奔波在“家里——学校”这条线上。踏着万丈霞光，清风扑面，令人神清气爽；刚从睡梦中惊醒的小鸟，唱起了欢快的晨曲；路边的小花小草，在甘露的滋润下也显得格外精神。母亲经常利用这短暂的半个多小时给我开开“小灶”，帮我回忆一下头天的课程，提示一下当天要注意的重点知识。特别是经常给我讲解作文的主题提炼、段落结构、遣词造句等，让我受益匪浅，也给我的文学梦插上了翱翔的翅膀。放学回家，母亲还要利用一切可以利用的时间，辅导我学习新知识。那时我们家穷，买不起小黑板，母亲就用粉笔在老家大门上教我识字、写字。印象最深的是写我的名字，本来“崇德”两字的笔画就多，结构也复杂，我挺长时间也没有学会，母亲就耐心细致地给我讲解每个字的结构，说：“崇德”两字虽然复杂，但很有意义。这两个字出自孔子《论语》颜渊篇第十二：“子张问崇德辩惑。子曰：‘主忠信，徙义，崇德也。’”并且母亲还详细给我讲解这句话的意思，让我对《论语》这部经典巨著有了初步印象。当然母亲更希望我能够像名字一样，经常加强个人素质修养，不断提高自己的道德水平。

写到这里，我想起清朝大才子、《四库全书》总纂官纪晓岚的两句诗：“睡草屋闭户演字，卧樵榻弄笛书符。”这不正是我们这个家的真实写照吗？那时农村经济不发达，我们国家又正在经历一场旷日持久史无前例的灾难，尽管父母亲呕心沥血、省吃俭用，我们一家人仍然在温饱线徘徊。住着茅草屋，吃的粗杂粮。最揪心的是雨季来临，“八月秋高风怒号，卷我屋上三重茅。高者挂罥长林梢，下者飘转沉塘坳”。已经腐朽的茅草根本抵挡不住瓢泼大雨的倾泻。这时我们四兄弟就像热锅上的蚂蚁，忙碌着准备锅碗瓢盆，四处寻找漏雨的地方。“屋漏偏遭连夜雨”，有时为了家里不变成“池塘”，我们四弟兄要轮流排班坚守阵地，弄得像打仗似的。

“忽如一夜春风来，千树万树梨花开。”党的十一届三中全会胜利召开，拨开了笼罩在中国人民头上的迷雾，“割资本主义尾巴”已被历史的车轮碾得粉碎，中国大地上积聚太久的经济发展热情井喷式地爆发出来，随着家庭联产承包责任制的落实，祖国大地上到处呈现出一片欣欣向荣的景象。瞅准机会，父亲便买回鱼苗，引进蜜蜂，轰轰烈烈地干起了“人欢鱼跃”和“甜蜜事业”。秋收季节，还“熬红苕糖”补贴家用。利用苕渣，我们还养起了大肥猪，每年要出栏两三头。还是农村那句俗话说得好：“穷不丢书，富不丢猪。”渐渐地我们家开始殷实起来了。

经过短短三年积累，在1982年的8月间，一座六列七柱的大瓦房取代了陪伴我们整整二十年的茅草屋。上堂屋正梁那天，我特意从学校请假回家，去见证我家历史性转变的那一刻。随着“掌墨师”一声令下，帮忙的众乡亲便把一根挂红的香樟大梁缓缓升上屋顶，恰如其分地安装到预定位置。此时，早已预备好的鞭炮便“噼里啪啦”地响彻云霄，回荡在山坳。为了祝贺我们家新建大瓦房，幺舅特地请人做了一幅“畫棟雲飛”的匾和一幅木制对联，对联内容为“桂放清香新居落成為事業，蓉開麗色華堂異彩映千秋”。被老父亲端端正正地挂在堂屋正中和最显眼的中柱上。为了纪念新居落成，父亲也不知道从哪里弄了两株桂花树种在院子里，这才圆了“桂放清香”的祝愿。

新家落成，我们结束了预防屋顶漏雨的尴尬，而且四个弟兄还一人一间，不久电灯也拉进了家门，我家彻底告别了“煤油灯”的历史。在这个崭新的环境中，我给自己弄了一个像模像样的小天地，卧室兼书房倒也方便实用，学习兴趣倍增。除了学习课本知识应付中考外，也读一些课外书籍，比如《钢铁是怎么样炼成的》《安娜·卡列尼娜》《简·爱》《格林童话》《论语》等等，知道了“学而时习之，不亦说乎；有朋自远方来，不亦乐乎”的深刻含义，学到了很多课本上没有的新知识，对扩展自己的知识面起到了关键性作用。此时，我才明白母亲以前的良苦用心。我从庭院里那两棵挺拔的香樟树荫下出发，带着满身的桂花清香和母亲的殷殷嘱托，沿着家门口那条蜿蜒的路，跨上了人生绚丽的舞台。新居落成的第二年，我以全县第五名的优异成绩考取了当时为数不多的部属重点中专——四川省林业学校，开始了精彩的人生之旅。后来，三个弟弟也陆陆续续从老家门口那条路上跨入大学、中专的大门。从此这条路便成为母亲望眼欲穿的牵挂。

光阴似箭，日月如梭。一晃我们四兄弟相继成家立业。时光的年轮也转到了2006年。“楼上楼下，电灯电话”的小康景象已在国人心中生根、发芽、开花、结果。看到硐底槽不时有栋栋楼房拔地而起，父母心里痒痒的，而且面子也挂不住了，中国人最讲究面子，农村尤为严重。毕竟我们家在当地也是有头有脸的，无论如何也不能太落后于人了。这是我们家再一次飞跃的大事情，不能掉以轻心，必须有一个周全的计划。既要满足农村生产生活的需要，又要有时代特点，还要美观实用，更要考虑休闲娱乐等等。不久，在大家的建议下，一个小康之家的蓝图在心中绘就，如东升的旭日照亮了家人们的胸膛。

万丈高楼平地起。经济基础决定上层建筑。建设资金才是最大的问题。好在此时父亲“甜蜜的事业”也渐入佳境如日中天，硐底槽到处是我们的蜂群，春秋两季，父亲不是这里采糖就是那里取蜜，虽然忙得团团转，心里却比吃了蜜还甜。母亲退休后，在中央连续几个一号文件的鼓舞下，决定把余热献给众乡亲，轰轰烈烈地办起了竹料场，既方便周围老乡出售竹料，又有一定收入。从此我们家开始向富裕的小康之路迈进。我们四兄弟大学或中专毕业后，从路的那端陆续回到这端，顺利走上工作岗位，算是了却了父母的最大心愿，并且也能为家里做一点贡献了。因此，春节年夜饭后，父亲郑重其事地把一家人召集到火炉边，正式提出了新建楼房的事宜。在团结、友好、和谐、民主的气氛中，大家出主意、想办法、集思广益，经过反复商议，家庭会议一致决定立即拉开新楼房建设的帷幕。

说干就干。父亲翻出黄历反复推算，选定了黄道吉日，并聘请了施工队伍，签订建筑合同。众人拾柴火焰高。一切准备就绪后，我负责水泥、钢筋、地砖、墙砖，二弟负责板门、石粉，三弟负责预制板，四弟负责铝合金窗、石头等。一应建筑材料陆续到位。在一阵震耳欲聋的鞭炮声中，定位、画线、挖基、垒石、浇筑、砌砖、盖板……所有工序都在有条不紊地进行。或许只有经过自己辛勤劳动获得的成果才是最甜蜜的吧。在我们家新建楼房的过程中，我们家人不但做施工和监工，还兼做小工。只要一有空，我们四兄弟便回去帮忙，感受劳动带来的快乐。

说话间，两楼一底的新楼房便奇迹般的在原基上耸立起来。我在感叹现代科技突飞猛进的同时，也感受到人们思想意识的日新月异。在施工人员的建议下，我们的新居不仅仅满足生活居住的需要，更多地还考虑了休闲娱乐的需要，设置了堂屋、书房、客厅、棋牌室、饭厅等，户外庭院内也修建了花园、菜园、鱼池、水塔、车库等。在新楼房快完工的时候，台球、乒乓球、羽毛球场地也陆续建起来了。应孩子们的要求，我们还在那两棵经历了半个世纪风风雨雨仍郁郁葱葱的香樟树之间架起了秋千。刹那间，孩子们银铃般的笑声便回荡在院内。“前人种树，后人乘凉”，这话一点不假。老父亲也把那些早已吐蕊放香的桂花移植到堂屋大门的两边，优雅、馥郁的环境居然吸引了两对小鸟来此安家繁育，也给我们的庭院增添了无限生机。新居正式落成那天，我们买了 8 挂“大地红”鞭炮，4 件 88 响礼花，一家人欢天喜地把老父亲亲自撰写的“门仰笔峰兰室悠然著文章，屋枕黄龙奇石巍然立华堂”的对联工工整整地贴在门柱上。后来，父亲还请人做了一块“德翰瑞康”的匾额挂在门厅正中，以表达我们崇尚道德教化的书香之家过上了幸福安康生活的悠悠情怀。现在每到星期天、节假日，我们兄弟们便邀约常回家看看，不但尽尽儿女孝道，也享受休闲度假的乐趣。

“有意栽花花不开，无心插柳柳成荫。”儿时埋藏在我心底的文学种子，在这绿意葱茏、香飘四溢的小院中萌发。静坐书房，一幅字画、一盆秋兰、一杯清茶、一段名曲、一炷檀香、一本诗书，还有一个红颜知己伴读左右，怎能不让自己赏心悦目、文思流畅？经过多年日积月累，居然颇有收获，不但出版了散文集《心泉叮咚》、诗画集《守望》、杂文集《心灵感应》，还相继被中国摄影家协会、中国散文家协会、四川省作家协会批准为会员，也算圆了自己一生最大的梦想。又是一个“桂放清香”的时候，我为新家的落成写下了这几句话：“月宫飘桂子/散落到我家/父母相携度年华。数度饱经风霜/喜得满庭芬芳。淡黄的花蕊/缀满枝头/尽情绽放歌唱。轻柔的晚风/送来醉人的幽香。我酌一壶老酒/对饮穹苍/杯中约几人/明月已近窗。”

家是最小国，国是千万家；有了强的国，才有富的家。我的“小国”一次又一次变迁，一次比一次“华丽”，变化的是经济状况、房屋结构和心情，不变的是浓浓的亲情和爱意，以及对美好生活的向往。这半个世纪以来，发生在960万平方公里土地上的奇迹，亿万农民孜孜以求的梦想，不正是在这三部曲中变与不变的吗？或许我老家院内那两棵枝繁叶茂的香樟树可以做证。我爱我的国，我爱我的家。

车轮滚滚

我们这一代人虽然没有经历过刀光剑影、血雨腥风，但也是从坎坎坷坷的“史无前例”中走来，更重要的是见证了我们伟大的国家改革开放波澜壮阔的全过程。有许多残碎的瞬间故事依然记忆犹新，有的甚至刻骨铭心。从我与汽车的不解之缘，就可以管中窥豹。

那是一个漆黑的夜晚，天还在下着蒙蒙细雨，四周一片寂静，只有“嗖嗖”的风声偶尔从耳旁滑过。傍晚时分，一辆“解放牌”大卡车从巡场方向疾驰而来，一道透亮的车灯划破夜空，强大的轰鸣声由远及近，停在我硐底老家的公路边。时间是20世纪70年代初冬季的某个夜晚，那时我只有6岁左右，模糊的记忆中隐隐约约还记得，当时的汽车是稀罕物，强烈的好奇心驱使我不顾风雨，直嚷着要随“大人们”去离家不远的梨渊滩电站装运木材。

第一次坐在“陌生”的驾驶室里，好像刘姥姥进了大观园，什么都感到新鲜，什么都觉得稀奇，不是这里摸摸，就是那里摇摇。最喜欢在那个弹簧做的坐垫上蹦来蹦去，惹得驾驶员叔叔“毛焦火辣”的，吼也不是，骂也不是。尤其对那个喇叭按钮特别感兴趣，趁大家不注意，“冷不愣丁”来一下，刺耳的声音在寂静的夜空中传得很远，很远。

汽车缓缓行驶在坑坑洼洼高低不平的石子路上，摇摇晃晃的，简直就像在“搓衣板”上行驶一样。那时公路的确也“烂”，有句顺口溜是这样说的：“一去二三里，载客四五人，推车六七次，行程八九里，用去十小时。”虽说顺口溜有点夸大其词，但对于中国来说，汽车工业刚起步，基础条件也实在太差。幸好我们家住在309省道旁，老父亲才千方百计弄了一辆汽车来搬运木材，改建我们那摇摇欲坠的茅草屋。这在当时真的是很“洋气”的事情，我也为坐了一次“司机台”高兴了好一阵子。

为了感受“乘车”的乐趣，我们兄弟就合计自己动手做一辆“滚珠车”。用父母给的零花钱，买来三个轴承，再找来一个木箱、两块木板和一个螺栓，一辆“纯环保”的绿色能源“滚珠车”就做成了。顿时，村道上、马路边、坝子头，到处都是轴承碾压后留下的痕迹，嬉戏声代替了喇叭声，回荡在青山绿水间。这是我们小时候最高档的玩具，陪伴着我们度过了欢乐的童年时代。但接下来的一些鲁莽行为却差点让自己命丧车轮。

稍大点后，小儿郎就背着书包上学堂了。我们的小学校也在公路边，学校到家有一段距离。放学后，我们要在学校旁边一陡坡处等待过往车辆，熟悉的司机一般都停下来捎我们一段。但大多数司机不认识，我们三五个同学就强行“扒车”。这是一个危险行为。如果被驾驶员发现了，一般要停下来撵我们的。为了不被司机发现，我们就死死抓住车厢后板，车子在高速行驶，身体悬空，在如此颠簸的情况下没被甩下来，实属万幸。有时为了舒服一点，扒上车后，就顺势坐到两个后轮之间的横梁上。车轮扬起的尘土弄得我们一个个像刚遭受过“沙尘暴”袭击一样。这个动作危险之极，与很多高难度的杂技差不多，稍有疏忽，必定粉身碎骨。现在想起来都还心有余悸。有一次，当我扒上一辆大型拖拉机时，才发觉自己的错误犯大了。司机为了阻止学生娃娃扒车，就找了一根废旧的锯子装在车厢板上。情急之下，也没有注意还有更大的危险存在。当我的手刚一抓住车厢板，锋利的锯子就深深刺入手心，那钻心的痛让我差点忘掉了自己还在高速行驶的车上。现在我的掌心还依稀可见当时留下的伤疤。

时光荏苒。带着儿时的艰辛和梦想，我告别家乡，告别亲人，告别汽车、拖拉机，从老家门口那条充满酸甜苦辣的公路上，跨上了人生的精彩之旅。当我再一次感受到乘坐汽车的“洋气”时，已经十多年之后了。改革开放的春风早已吹拂华夏大地，我国的汽车工业虽然有了一定程度的发展，但仍然是稀罕物，只有党政机关，大中型企业有极少数的轿车。我从四川省林业学校毕业后，被分配到国家级风景区蜀南竹海所在地——长宁县万岭楠竹经营所，从事森林病虫害防治工作，负责竹海景区 10 余万亩竹林的病虫害防治工作。那时我们单位也只有一辆北京牌 212 吉普车，当然，我等普通技术人员一般是没有资格使用的。后来在工作中，我却有幸乘坐了一次“高级轿车”，没想到 20 多年后自己购买的第一辆私家车也是这种车型。

20 世纪 80 年代中期，万岭箐遭受了一场罕见的楠竹枯梢病危害。据有关资料记载，这场枯梢病是继 60 年代竹海大面积爆发蝗灾后的一次毁灭性更强的病虫害。近 10 万亩连片楠竹遭受不同程度危害，一片枯黄，就连新生幼竹也未能幸免，就像人得了“传染病”一样，还有继续扩大的危险。这一情况引起了国家林业部、省林业厅领导的高度重视，邀请了国内比较权威的竹类病理学专家到竹海会诊，把脉。省林业厅领导就把当时厅里最高级的“蓝鸟”轿车派来供专家使用，我作为向导自然而然也享受了一下。

第一次坐在这样高级的轿车里，行驶在绿波荡漾的竹林中，真有心旷神怡之感。车轮下是地毯似的红砂石路，车顶上是弯曲竹梢形成的绿色天篷，路旁千竿翠竹迎风摇曳，像哨兵一样隆重欢迎远道而来的宾客。“车在林中走，人在画中游。”感受如此美景，心情别样舒畅，专家们暗下定决心：一定要在最短的时间内让竹海重显生机。功夫不负有心人。在各级单位的共同努力下，经过短短几个月的综合治理，楠竹枯梢病终于得到控制，为国家挽回经济损失上亿元。

时序如轮旋。转眼又过去了二十多个春夏秋冬，人类跨入了崭新的21世纪，我们国家经济得到了飞速发展。轿车已不再是权力、地位的象征，车轮滚滚早已驶入寻常百姓家。在家人的鼎力支持下，我开始拟定计划寻觅心中的“第二情人”。筹措经费自不必说，单就选择车型就花了我半年时间。好在此时互联网已很发达，浏览《汽车之家》网页是我每天的必修课，还订购了一份《汽车之友》杂志随时翻阅，有时到成都、宜宾等地出差，都要千方百计挤出一点时间访问“4S”店，享受推荐、比较、选择的全过程。

有人说：“汽车是男人的二老婆，男人爱车有时胜过爱自己老婆。”我对汽车虽然没有痴迷到如此程度，但儿时却与汽车结下了不解之缘。终于，在国家经济飞速发展的滚滚大潮中，我圆了自己的汽车梦。

“二老婆”

写下这个题目时，我都为自己的大胆而惊讶。作为一名国家公职人员，也敢明目张胆地谈这样敏感的话题，权衡再三之后，还是觉得给这个题目加上一个引号稳妥一些。即便如此，我这个“二老婆”也没躲过遭受非议的命运，最终不得不改头换面改名换姓。

有人说，60年代出生的人是幸运的，见证了国家翻天覆地欣欣向荣的蜕变，获得了经济飞速发展带来的实惠，感受了物质生活的显著变化。的确，我们这一代人，躲过了三年自然灾害，出生时生活已逐步好转，只要有粮票布票肉票，吃饱穿暖是没有问题的。上小学时，从“前途是光明的，道路是曲折的”“人活着总要有点精神”“古为今用，洋为中用，百花齐放，推陈出新”、“把别人的经验变成自己的，那他的本事就大了”等耳熟能详、脍炙人口的毛主席语录中知道了许多深刻道理，以至于现在还深深印在脑海里。初中毕业时，已经恢复了高考，我以全县第五名的优异成绩考取了当时为数不多的部属重点中专——四川省林业学校，不但学费全免，学校还每月发25元生活补贴，只要计划周密一点，还是基本够用。工作是国家分配的，如愿以偿地回到了生我养我的家乡，从事与所学专业对口的楠竹科技研究工作。几年后，国家政策调整，顺利过渡到现在的公务员岗位。恋爱、结婚、生子，只有一个可爱的女儿，因此培养下一代的任务也不是很重。于是，就有了一些在梦里都没有实现过的想法。

生活在祖国大家庭中，沐浴着改革开放的春风，我们的生活犹如芝麻开花——节节高。在党和国家富民政策的指引下，谨记毛主席“自己动手，丰衣足食”的教诲，我们家“海陆空”齐上阵，多领域、全方位、立体化发展，呈现一片欢天喜地的景象。父亲承包下村里一口废弃的料塘，干起了“人欢鱼跃”的事业，每当春节临近，我们家总是人来人往络绎不绝，为“连年有鱼（余）”的年夜饭而忙碌着。不仅如此，父亲还把“甜蜜的事业”搞得风生水起、蒸蒸日上，鼎盛时期，我们家房前屋后、檐上地下到处都摆满蜂桶，春暖花开的时候，随处可见蜂儿忙碌的身影，为我们的幸福生活辛勤地工作着。母亲除了要完成繁重的教学任务外，还带领我们四兄弟办起了“家庭加工厂”，利用红薯渣每年都要出栏几头大肥猪，让村里人羡慕不已。母亲退休后，“余热献给众乡亲”——组织几个劳动力强的民工，帮助乡亲们采伐运输出售竹料，让乡亲们获得更大的经济收益。我家也在这轰轰烈烈的大生产运动中，依靠自己的智慧和汗水获得良好的经济效益，成为当地“先富起来的一部分人”。

俗话说：“锅里有，碗里才有。”在父母的大力资助和影响下，我也勤奋工作，笔耕不辍，勤俭持家，逐步就有了一片属于自己的新天地。利用工作上的有利条件，我先后被国内10余家报刊聘为通讯员和特约撰稿人，宣传长宁的新闻稿件、图片、通讯、散文、理论文章等不断见诸报端杂志，为提高长宁知名度和美誉度起到了一定作用。当然，数额不等的稿费也源源不断地汇入我的账户，高峰时期，我的稿费收入居然和工资差不多了，再加上单位的双稿酬奖励，我也逐渐有了自己的存款，日积月累居然就跨入了“万元户”的行业。享受到国家经济飞速发展带来的奇迹，真心觉得自己成长在这个伟大时代倍感欣慰、骄傲、幸福。

吃饱穿暖之后，有了积蓄的男人，思想就会发生一些变化，这个变化来自于一种本能，一种梦寐以求的渴望，一种埋藏在心里最原始的冲动。18世纪有位法国作家说过，人的一生只有四个字：希望，等待。男人希望拥有一部自己的车，男人等待一部完美的车。男人与车的感情与生俱来、莫名亲近，对男人来说，车就是他忠诚默契的兄弟，就是他共赴沙场的战友，就是他亲密无间的爱人，就是他的“二老婆”……男人对于车子的重视与挑剔，不亚于对女人重视和挑剔。男人选择车子的同时，也彰显了自己的身份、个性、品味……当然，这也与经济条件有关。

说到车，还有一些故事保存在我的记忆里。《诗经》里，深情的樵夫面对浩渺的汉水唱出了自己对心上人的一片痴情，他倾吐了满腔惆怅的愁绪：之子于归，言秣其驹！这意思是说：汉水之滨的那位姑娘如果肯出嫁，我会喂饱马儿去接她，做她忠心的车夫，带她到天涯海角！自古以来，车就是身份、地位的象征，就连孔子这样至德至圣之人对车也情有独钟。有一个故事是这样说的：公元前521年，孔子的得意门生颜回去世了，孔子去颜回家吊唁。颜回的父亲说，请先生节哀顺变，为表达您的哀思，能否用您的车子改制成棺材来安葬颜回呢？一听这话，孔子从悲伤中清醒过来，回答道：不乘车，我怎么同大夫们交往呢？孔圣人尚如此，何况我们这些俗人。

当权者把车作为表现权力的象征，有钱人把车作为炫耀的资本，成功者把车作为展现自己的面子，老百姓把车作为紧跟时代步伐的工具。也许，正是这种源自内心最原始的情结，在每个男人的心里，都有这么一幅图画：青山绿水中，红颜相伴，爱车就停在不远处的草地上；当音乐弥漫四周，鸟雀啁啾，蜂飞蝶舞，尽情享受着大自然的温馨与激情……车有时候会成为男人的私密小空间，他的外室，他的另一个家。累了，靠在座椅上小歇一会儿；渴了，有现成的饮料和茶杯；厌了，可以听听音乐，看看电视。

对于车，我虽没有痴迷到如此程度，但当我的存款不断上升时，我的第一个想法仍然是买车！于是，购买家庭轿车的计划在崭新的21世纪的第十个年头被提上了家庭重要议事日程。接下来的日子里，关于汽车的知识、信息、故事等便一股脑儿地进入我的生活中，占据着我的所有业余时间。浏览汽车网页自不必说，购买汽车杂志是我那段时间的主要消费，至今家里还保存着几百本制作精美的杂志。朋友们聚会，聊世界、聊社会、聊家庭、聊女人，也聊汽车，能从中获得不少有价值的信息，享受着发现、对比、选择的全过程。这感觉真还与找女朋友有异曲同工之妙。不过，选择这个“二老婆”似乎要理智很多。

“想买车，首先得会开车，还应该有驾照才行哦。”朋友如是说。这哥们耿直，说干就干，他找朋友借了一辆快报废的北京212吉普车。在一处开阔的工地上，我第一次真正成为驾驶员，掌控着速度带来的激情。或许是与车子那种天然的情结，或许经常与朋友探讨驾驶技巧，或许经常在驾驶员旁边耳濡目染。当我发动汽车的一刹那，它似乎是我久别重逢的老朋友，那么亲切；又似乎是我魂牵梦绕的老情人，令我那么激动；恍恍惚惚就在高低不平的坝子上奔驰起来……直到一年后，我才在“左打点，右打点”“左三圈，右三圈”的提示下，通过了严格的考试，拿到那个贴着我照片的驾驶证时，我的购车计划终于在家人2∶1的微弱优势中勉强通过。

“众里寻它千百度，那车却在灯火阑珊处。”从外型、颜色到车内装饰，从油耗、百米加速度到发动机，从底盘高度、轴距到轮胎宽度，无不处处留心，反复比较。最后，还是一个车商的介绍打动了我：这款车成熟、平稳，不给你找麻烦，买它就是买个放心，像一个踏实会生活的老婆。而且这老婆还是个东洋妞，也挺洋气，尤其要紧的是会过日子，体贴人。这就是我最终选定的“二老婆”——金色东风日产新轩逸。

汽车作为现代科技进步的产物，已经成为大众生活的必需品，能够极大地提高工作效率和生活质量。自从有车之后，我一天到晚可以做很多事情，它缩短了地域上的距离。尤其是国家明令禁止公车私用，公车私驾后，“小轩”更成为我忠实的伴侣，成天和我形影不离。每天早晨起床后第一件事就是把“小轩”弄得油光水滑、光彩照人，和我一起在轻柔的晨风中迎接第一束阳光的到来。有时我们穿行在碧波荡漾的蜀南竹海，有时我们急速翻越道路蜿蜒的佛来山，有时我们奔驰在波光粼粼的淯江河边，有时我们停泊在风景如画的双河“牛背山”，有时我们又在怪石嶙峋的竹石林和烟波飘缈的七洞沟呼吸负氧离子。一幅又一幅精美的图画被我定格在储存卡上，享受着收获的喜悦。

转眼间，“小轩”已经跟随我五个年头了，除了定时更换机油和轮胎外，其他基本没有什么毛病。小擦挂是难免的，但只要有一点瑕疵，我都会在第一时间处理，让它永远洁净如新，光彩照人。但就是因为“小轩”是一个“东洋妞”，差点让它遭受灭顶之灾。事情的起因就是那个到处惹是生非、令人讨厌的“小日本”。很久以前，日本像强盗一样抢走了我们的固有领土——钓鱼岛，不但不想归还，还叫嚣着要“国有化”。这一下，我们国人不干了、愤怒了，一些大城市相继出现了反日浪潮。首当其冲的是“反日货”，有些不太理智、情绪冲动的人士（或许也别有用心）开始冲击日商店铺，烧毁日系汽车等，一浪高过一浪的呐喊声席卷着中华大地。

我和“小轩”身处边远小城，虽没遭受那样的情绪冲击，但我还是害怕星星之火呈现燎原之势。“小轩”毕竟是我几十年辛勤耕耘，节衣缩食的结晶啊！而且它已成为我们家的一员，有谁能眼睁睁看着自己的“二老婆”被欺负而无动于衷呢？于是赶紧去汽车装饰商店，买来一套车标，前后左右全都贴上。乍一看，依然一个戴花姑娘，形象骤变，行驶在大街上，不时还招了别人异样的目光。

其实，这样折腾完全是自欺欺人。静下心来好好想想，有些事情是不得已而为之。我们新中国成立短短几十年，就取得如此辉煌巨大的成就，完全是国家正确战略部署的结果。毛主席他老人家不是教育我们说“把别人的经验变成自己的，那他的本事就大了。”就拿科技发展来说，在国家百废待兴的年代，汽车工业技术是不是该摆在优先发展的位置？回答肯定不是。在敌对势力虎视眈眈的注视下，国家勒紧裤腰带把有限的科技力量和资金用在关乎民族安危的“两弹一星”上，这是正确决策。而那时世界上的汽车工业技术已经非常成熟，花点小钱引进来为我所用，难道不是好事吗？当然，同时进来的不仅仅只有日系车，还有美系车、德系车、英系车，甚至还有韩系车、法系车。

现在国家强大了，科技实力显著提升。在汽车工业领域，目前我国重型卡车占据着世界80%的市场份额。这个成就来之不易，还是毛主席说得好："世上无难事，只要肯攀登。"这个实例也再一次证明：没有中国人做不到的，没有中国人做不好的。只要在党的正确领导下，沿着有中国特色社会主义的道路阔步前进，什么人间奇迹都有可能在中华大地上发生。"敢上九天揽月，敢下五洋捉鳖"早已不是梦想了，哪个还在乎一辆小小的轿车呢？说到底，汽车无非就是一个代步工具而已！

我在108班

——写在四川林校毕业30周年之际

题记：顺着时光隧道，我又回到三十年前的菁菁校园。那一幕幕，一件件，一桩桩往事又浮现在脑海中，像天上的繁星，忽闪忽闪的；又像是大海里的浪花，一浪连着一浪。徜徉在这无边的思绪中，把自己一些鲜为人知的小事记录下来，为的是不能忘却的记忆。而我的人生也如经秋的枫叶，在岁月的沉淀中，历经生活的“磨难”，绽放出如诗意般五彩斑斓的美丽。

一

那是80年代初期，在一个秋天普通的早晨，东方尚未露出鱼肚白，四周还沉浸在深深的寂静中，只有苍穹中的弯月和稀疏的星星还在眨着眼睛。在从长宁县硐底镇红旗村到巡场金沙湾火车站的碎石公路上，三道强烈的手电光划破了幽深的夜空，把守夜的狗儿给惊醒了，引来一阵阵狂吠。紧接着，勤劳的公鸡也开始打鸣了。这原本死一般的寂静便有了一丝丝生气。寂寥的旷野中，传来母亲殷切的嘱托声："别把通知书弄丢了，到了学校给家里来封信。"

清晨的阳光从东边地平线上发芽，然后像一棵树一样迅速长大，冉冉升起，不大一会儿，便把天空撑亮了，红彤彤的霞光刹那间便铺满大地，给人以无限激情。轻柔的晨风中，我们一行三人手提大包小包的行李，满头大汗地赶到金沙湾火车站，买了两张"巡场→成都"的硬座全价票和一张半价票（我凭入学通知书买半价票）。这是唯一一趟从这里始发到成都的绿皮火车（那时我们老家还没有直达成都的长途客车），而且是普客慢车，要经过近 12 小时的颠簸，才能到达终点站——四川省会成都。全程票价 8. 5 元。刚上车坐定，随着一声汽笛长鸣，火车缓缓启动了。车头"呼哧、呼哧"地喘着粗气，冒着浓浓的白烟，像一头疲惫不堪的老牛，拖着十几节车厢，身披万丈霞光，载着我的人生梦想，在《祝你平安》的乐曲声中，急速奔向远方。从此，我崭新的人生之路便从这里扬帆起航。

柔嫩的阳光从飞驰的列车车窗里照射进来，暖暖的。我们都是第一次坐火车，全是喜悦的心情。小七从锅炉房打来两大缸开水，在火车有节奏的晃动中，开始享用头天晚上母亲为我们准备的烙麦粑。与我同行的两人，一个是父亲的好朋友，我叫他杜叔，另一个是我的“衩衩裤”朋友，我叫他小七。他们得知我考上林校后，主动要求送我到校。那个年代，在我们这些偏远山区的贫困县，要考上一个国家级重点中专还是很不容易的。那一年，全县近两千名初中毕业生中仅有5人考上中专，7人考上中师，我以全县第五名的优异成绩，考取了颇负盛名的四川省林业学校林业专业。这在我家的家族史上和砌底槽也是破天荒的第一个。拿到入学通知书那一刻，我们全家人与“范进中举”的心情差不多。

车内的我，仍然处在高度兴奋的状态。不时把入学通知书拿出来看看，生怕它不翼而飞了。也不时在车厢里走来走去，这里摸摸，那里瞧瞧，享受着“前进中前进”的异样感觉。列车每停靠一个站台，我都要记录站名和到达时间，以备不时之需。不大一会儿车上售货员便推着小货车过来了，嘴里不停地喊着：买列车时刻表，买瓜子、花生、香烟……杜叔说，你记什么，买一张列车时刻表，全国各地的火车情况都清楚了。这时我才发觉自己真的像“陈焕生进城”一样。邻座一长辫齐腰的小妹妹从中途上车，一身漂亮的“的确良”套装，看我这个样子一直抿嘴微笑。我仔细端详，觉得她也是和我一样的求学之人，很想就这个共同的话题套套近乎，奈何双方的陪同之人都虎视眈眈，这种情况下无论如何也不敢造次，在互相交换了几次眼神之后，我便沉沉地坠入梦乡。

此时车上广播正在播放《大海啊，故乡》：“小时候，妈妈对我讲，大海就是我故乡……”优美的旋律，把我的思绪带回老家。冥冥中，我仿佛看见母亲正在为我入学的事情忙碌着。那时我们国家改革开放的步伐正在加快，社会秩序已走上正轨，农村经济日新月异，副业已经成为我们家主要收入的来源。加上父母的工资，我们家在当地还算是“先富起来的一部分”。尽管如此，为了让我能够风风光光像模像样地走进学校，母亲不得不去“打会”（就是几个要好的朋友邀约在一起，讲定周转期限，每人凑一笔相同数目的钱给某人，下次又凑给另一个，直到凑满一圈为止）。利用“打会”的钱，母亲给我置办了全套崭新的铺笼罩被和学习用品，还定制了一套蓝灰色涤纶西装，一件雪白的“的确良”衬衫，一条暗褐色的真丝兰花领带，再配一双锃亮的“甩尖子”皮鞋。这在那个年代算是比较讲究的了。穿着这身崭新的衣服，忽地觉得自己就高大起来了，身子也飘起来了，像雄鹰一样在霞光万丈的天空中展翅翱翔。

“呜……”一声长鸣的汽笛声惊醒了我的美梦。小七说：“看见你梦中都在笑，梦见啥子好事了?”我说：“我梦见好多蝴蝶歇在我领带上，赶都赶不走。”此时车上广播里传来播音员纯正的普通话：“各位旅客，本次列车的终点站——成都火车北站已经到了，下车的旅客，请拿好您的行李，依次下车。”出站后，我们向警察咨询，要去灌县，还要到西门车站转车。在车上颠簸了一天，肚子早就“闹革命”了，于是我们饥不择食地在车站旁边一个“苍蝇馆子”里坐了下来。杜叔说：“我们第一次到省会成都，还是喝点酒庆祝一下吧。”于是我们每人要了一盅散装啤酒，第一次品尝到这种略带“潲水味”的东西，差一点呕吐了。心想这城里人也真怪，那么难喝的东西居然作为佳品招待客人。但是喝着喝着，就感觉到口中有淡淡清香，且回味无穷。自此以后，我居然就有了喝啤酒的欲望。

置身灯红酒绿的大都市，犹如刘姥姥进了大观园，高楼、车流、人流、霓虹灯令人目不暇接。为了节约时间，而且也因为人生地不熟，我们便在西门车站一个小旅馆住下。由于我在车上睡了一觉，再加上酒精的作用，仍然兴奋不已。待杜叔和小七都进入梦乡后，我便悄悄溜出旅馆，徘徊在绿荫成林的大街上，感受着大都市的喧嚣和繁华。忽然，从我身后快步走过一人，走到我前面不远处时，有样东西从他身上掉了下来，我正欲提醒那人，后面又上来一人，迅速捡起那东西，对我说：“哥们，别开腔，是钱！一大包钱！”我仔细一看，果然是一大扎 10 元的人民币。那人说：“见者有份，走，我们找个隐蔽的地方分了。”见此情景，我心里咯噔一下，会有这样的“好事”吗？就在这一刹那，一句儿歌出现在我脑海里：“走在马路边，捡到一分钱，交到警察叔叔手里面。”我平静地对他说：“钱是人家的，我不要。”那人说：“天知地知你知我知，没有第三人知道，你怕什么！”我说：“天和地都知道了，怎么没有第三人知道呢！”说完，我便转身回旅店了。后来，我给杜叔和小七说起这事，他们说，幸好你没有去分钱，否则你身上的衣服都怕要被他们扒光。这是城里的一种诈骗术，叫“掉包计”。学习还没有开始，城里人就给我上了一课，这个记忆是深刻的。

二

第二天一早，我们如期赶到灌县车站，有校友接站，很快就来到位于灵岩山下风景如画的四川省林业学校。我们学校成立于1953年，是国家级重点中专，开设了林业、机械两个专业，代办职工班，全校有教职工120余人，在校学生1100余人，被誉为“花园式学校”。

跨进校门，一条笔直的大道和一幅“欢迎新同学”的红色条幅展现在眼前，大道两旁是开得正艳的金色桂花，芬芳馥郁的桂香随风飘来，沁人心脾。造型独特的绿色植物和排列有序的路灯被浓浓的桂香包围着，一草一木一物皆有缘，让人看着都觉得亲切。透过左边围墙，可见标准的400米跑道和足球场。球场上，两个班的同学正在巅峰对决，“啦啦队”的呐喊声一浪高过一浪，使整个校园充满了生机和活力。右边是一个硕大的池塘，池边柳树成荫，曲径回廊连着一个四角亭耸立在水面上，一群群颜色各异的锦鲤悠闲地在池中游来游去。偶有三三两两的同学手捧诗书漫步在回廊上、柳堤边，好一幅美丽的校园风景图。

这一动一静的两幅图画，给我的印象是诗情画意和欣欣向荣，我为自己有幸就读这样的学校而倍感欣慰。

转过大礼堂，又一条笔直的路连接学生宿舍。左边操场旁一棵枝繁叶茂的桉树尤其引人注目，胸径一米有余，高30余米，硕大的伞形树冠直冲云霄。龟裂的树干上写满学校恢宏悠久的历史和昔日的辉煌；粗壮的虬枝苍劲挺拔，支撑着一片蔚蓝的天空；浓密的树叶竞争着伸向广阔的空间，期盼更多的阳光雨露；树上有鸟啁啾，低吟浅唱，像是在办一台音乐会欢迎我们到来。这棵树是林校的地标物，是林校人的精神支柱，象征着林校人刚劲勇敢、勇于攀登、勇往直前、不畏艰险的时代精神和人格魅力。我们在它的庇荫下健康愉快地成长。

大礼堂旁边不远处是学校行政楼，是一栋一楼一底的小洋楼。新生报到就在底楼大会议室。带路的同学说："你先从墙上的名单中找到你所在的班级，再到对应的报到处注册入学。"我们这一届林业专业共有六个班，270多名学生。我从103班开始寻找，一点也不敢马虎，一个名字一个名字地看，一个名字一个名字地找，直到最后一个"108班"，才发现自己的名字在最后一排倒数第三个位置上。众里寻我千百度，原来我在最末尾巴处。当时我就想，怎么不从后面往前找呢？就不费那么多功夫了。这人世间的事情就是这样，很多事情是无法预测和想象的，只有当结果出来了，才觉得事情原本很简单，是我们自己把它弄复杂了。

仔细一看，名单前面清晰地写着班主任的名字：凌沙。心想肯定是位女老师，而且可能还是一位漂亮的女老师。心里这么想着，嘴里就不自主地溜出了“太好了”三个字，同时左手很潇洒地做了一个响指动作。我这一连串表演，全被旁边一位波浪式卷发（那时波浪式卷发刚开始流行，很时髦的）的老师看在眼里。见我这个西装革履“公子哥”派头的学生，老师不禁眉头一皱，微笑着对我说：“同学，你是108班的吗？如果是，请在那边注册入学。”随着她手指的方向，我随即拿出精心收藏在贴身上衣口袋里的入学通知书，愉快地办理入学手续去了。直到把我送到男生宿舍，杜叔和小七才在“记得给你妈写信”的嘱托声中离开学校。

三

跨上人生绚丽的舞台，大家的心情是愉快的，见到谁都点头微笑，互致问候，互相打听着来自何方。上课第一天，预备铃还没有响起，同学们就早早来到操场边的教学楼，在挂有“108班”标示的教室里，找到写有自己名字的课桌。同学们个个精神抖擞、兴高采烈，“笑意都写在脸上”。我抬眼一看，全班45个同学，36个男生，9个女生，典型的“僧多粥少”。我运气特好，在这么低的概率中，居然安排和一位女生同桌。当女同学坐到位置上时，我仔细一看，彻底傻眼了，惊得我半晌说不出话来，这不是我在火车上遇到的那位长发美少女吗？真是太巧了！就像演电影一样。四目相对，她脸上霎时泛起一朵红云，微笑着说："原来是你啊！难道这就是人们常说的：有缘千里来相会！"眼前这一切，让自己既兴奋又紧张，不知道在接下来的时光隧道中还会有什么美妙的故事发生。

我正信马游缰地幻想着……突然，上课铃响了，门口进来一位肩披波浪式卷发的漂亮女老师。我定睛一看，妈呀！这不是昨天在报到处遇到的那位老师吗？心想这下糟了，不知道昨天自己的表现给她留下了怎样的印象？恍惚间，就见老师说话了："同学们，大家好，欢迎大家来到风景秀丽的四川林校，在今后的三年时间里，我将与大家风雨同舟、同甘共苦，我是你们的班主任凌沙。现在我们互相认识一下，点到名字的站起来，简单介绍一下自己。"凌老师简短明了的开场白，给我留下了极其深刻的印象，以至于三十年后的今天仍然历历在目。我不敢看老师的眼睛，怕她发现我忐忑不安的心情。好在凌老师是一位心地善良、宽宏大量的人，没计较我那些放荡不羁的小动作。而且凌老师还给了我一个锻炼提高的机会，怎奈我很不争气，辜负了她的殷切希望。这是后话。

考取四川林校，还有一点最让我感到兴奋，那就是不缴任何学杂费。这是国家鼓励学生报考农林类学校的优惠政策。我倒不是知道有优惠政策才报考这个学校，而是我父亲当时是公社林业员，一直有林业情结。那年四川林校分配到宜宾地区的招生名额只有两个，我很幸运地占据一席。这对我父母来讲是莫大的荣耀，不但有“子承父业”的意思，更有“光宗耀祖”的味道。所以，父母为了我风光入学，已是负债累累，能够享受到国家如此优惠政策，那简直是“又吃粑粑又过年”的好事情。除此之外，更令我感到意外的是，学校每月还补助 32 斤饭票和 11.8 元的菜票。对于我们这些正在长身体的农村娃娃来说更是欣喜若狂，那感觉就像从“糠箩兜”跳到“米箩兜”。每当下课铃响起，同学们急忙从课桌下拿出饭盒，以百米冲刺的速度奔向食堂，“攻打甑子山，活捉瓢儿大王”，为的是那一份色味俱佳的“回锅肉”，现在想起来仍让人馋涎欲滴。其实那时国家经济刚刚起步，正处在百废待兴的时候，但在邓小平“再穷不能穷教育，再苦不能苦孩子”思想的指导下，国家制定了教育振兴计划，才使我辈赶上了好时代。

有了报到时的尴尬，在接下来的生活和学习中，我自然收敛了不少，没有再闹出什么笑话来。没过多久，凌老师就开始安排团支部和班委事宜。那个年代竞争还没有引进校园，也没有竞职演讲一说，基本是按照我们的传统体制决定一切。经过一段时间的观察、了解和思考，凌老师拿出了组建方案。让我做梦也没有想到的是，我居然被圈进了“108 班”的核心层，占据着“团支部书记”一职。同时进入班委的还有我的同桌，她任文娱委员。或许正是这样的缘份，命运之神把我们连在一起，不发生一点故事都说不过去。

学生的任务当然是学习，而且还要好好学习，天天向上。我们是初中毕业考进来的，所以第一年主要是学习基础知识。大学语文、高等数学、高中物理、有机化学自不必说，英语也被安排进我们的课程表。那时国门刚刚打开，学习英语的重要性还没有完全被我们理解，加之初中时根本没有接触过英语，学习起来很吃力。幸好班主任凌老师正好教我们班的英语，在她“不学 ABC，怎当接班人”的谆谆教诲中，我们班的英语平均成绩一直名列前茅。我没有其他同学悟性高，老拖班上的后腿，后来凌老师专门给我开“小灶”，才有了更大的收获。第二年，转入专业课学习就愉快多了。按照教学大纲安排，专业课共有植物学、森林学、森林病虫害防治、土壤学、测量学、森林经理学等十多门课程。这对于我们这些从小就与森林、植物啊、土壤、昆虫打交道的农村孩子来说，兴趣自然相对要浓厚一些，学习起来也得心应手。在各位老师不遗余力的精心教导下，我基本实现了从感性认识到理性认识的飞跃，每次考试成绩相对基础课来说要优秀得多。以至于参加工作后，我运用学校里学到的科技研究方法，在蜀南竹海的“莽莽竹林”中，发现了一种长不过 3 毫米的竹类新害虫——竹潜叶蛾。不过这一研究成果当然不属于名不见经传的我，被有专业职称的专家给“借走”了。

四

时间是凝固剂，凝聚了老师与学生之间，同学与同学之间，男同学与女同学之间的真挚友谊。随着时光的推移，镌刻在每个人心中的印痕越来越深、越来越密。后来我们才知道，凌老师也是刚毕业不久的大学生，年龄与我们相差不到几岁，而且她是第一次任班主任，无论如何也要做出成绩来。所以，她对我们的要求是非常严格的，容不得一点点瑕疵，无形中给我们增添了巨大的压力。尽管如此，情窦初开的少男少女们，怀揣着一颗蠢蠢欲动的心，如一朵朵含苞待放的鲜花，不失时机地悄悄绽放。与女同学共坐一桌，久而久之，我便发现一个奇怪的现象，只要我穿那件涤纶西装上课，女同桌飘逸的长发总要粘到我身上。这一发现让我欣喜不已。在一个恰当的时候，我坏笑着对她说："我这衣服还有强大的吸引力哈！看你头发老是粘到我。"她侧脸一看说："少见多怪，静电吸引都不知道啊？"不过话还没有说完，脸一下就红到了耳根。

学校的生活是丰富多彩的。我们班不但组建了篮球队，还"生拉活扯"地组织了足球队，球场上，苏伟、王撼、罗俊武、芶林、曾勇、冉慕琪、何林等是活跃分子，很有"明星范儿"。我自告奋勇地当过前锋，可多少场拼搏下来，我没有射进过一个球，被同学们讥笑为"配盘先生"。班上文体活动也频繁，除了组织参加一年一度的学校文艺演出和秋季运动会外，每天都要在歌声中开始一天的学习，每周还要练习一首新歌，称为“每周一歌”。这时文娱委员就大显身手，把我们班搞得歌声嘹亮。我记得最清楚的是学唱《年轻的朋友来相会》和《榕树下》这两首经典歌曲，同桌那甜美的歌声引我心中泛起层层涟漪，从此我对她刮目相看。我们班45个同学，个个生龙活虎，犹如校园里那棵桉树上的新芽一样茁壮成长，这让凌老师很是欣慰。

伴随着优美的旋律，在黄金满地的银杏园中，在花团锦簇的牡丹丛中，在寂静幽深的植物园中，到处留下了我徘徊的足迹。有时偶尔也有熟悉的身影从花丛中、树影后飘过，给我躁动的心增添了几分期待。在这莺歌燕舞顺风顺水的环境中，埋藏在我心中那些放荡不羁的种子又在不断滋生。记得入学的第二年，电视里正在热火朝天地播放武打片《霍元甲》，这对男生的吸引力是非常大的。有个星期天，我与同寝室的“刁公安”（大名叫刁永华，爱穿一件蓝色上衣，质地与公安制服差不多，所以我们一直叫他刁公安）相约到外面一茶馆里看电视，还从旁边酒馆里买来了两大杯啤酒，一边喝一边看，喝着喝着，看着看着，不知不觉就过了学校关门的时间。当我们带着醉意从“日本浪人挑战霍元甲惨败”的激动情景中回到学校时，高高的铁门让我们犯怵了。无奈之下，我们只好翻门而入。刚爬到门上，就听见门卫大喝一声：哪个？一道手电朝光这边射来，吓了我们一跳，于是赶紧退回去。稍事片刻，我们又故伎重演，眼看就要翻过去了，又一道强烈的手电光射来，我们慌不择路，一个凌空展翅往下跳。刁公安身手敏捷，不用吹灰之力就过去了。哪曾想，我的一只袖子刚好挂在锋利的铁钉上，这一用力，“哗”的一声，让我彻底傻眼，陪伴我才一年的涤纶西服就出现了一个大口子。值得庆幸的是没被门卫逮住，否则，“写小楷”是难免的。

俗话说：躲得了初一，逃不过十五。很小时在家养成的一个坏习惯——吸烟，也被带进了学校，尽管学校有严格的纪律约束和老师管教，但是真实的内因在不断通过现实的外因起作用，理智仍然未能抵挡住“尼古丁”的诱惑。所以，我和几个臭味相投的同学甚至学校的员工，经常在寝室里、操场边、山旮旯、厕所里肆无忌惮地吞云吐雾。有一次，我正在厕所里偷偷过瘾，突然一位老师向我走来，我赶紧把夹烟的手一缩，燃着的烟就到了衣袖里。没过多大一会儿，我就发觉不对劲，我似乎闻到了一股糊味。旁边老师提醒我说：“同学，你的衣服烧烂了。”我伸手一看，袖口早已烧出一个大洞，真是后悔不已。这件“让我飘起来的西服”哟，为什么受伤的总是你！不久，凌老师就找我谈话了：你作为班干部，带头违反学校纪律，还怎么做表率呢？我知道，自己的愚蠢行为让精益求精的凌老师很难堪。不过为了维护班集体的声誉，老师没有处罚我。很显然，我在她心目中的形象已大打折扣。

五

学生时代，留给大家记忆最多的恐怕要数课外活动。凌老师也要求班干部们经常组织班会活动。我们学校地处大名鼎鼎的都江堰景区，幸福台（毛主席参观都江堰水利工程站过的地方)、二王庙、索桥、离堆公园等许多著名景点就在旁边，丰厚的历史文化，古朴的蜀国文明，良好的生态环境，无不吸引着我们这些远道而来的求学之人。利用星期天、节假日的大好时机，班委都要组织野炊、登山、郊游等活动，让同学们在闲暇的聚会中增进了解，增进友谊。

又是一个春暖花开的好季节，都江堰的春汛已经来临，在这个宏伟工程的河床上，一片茂密的桤木林郁郁葱葱，我们班又一次春游活动正在这里进行。同学们像出笼的小鸟，投身春天的怀抱，一个个兴高采烈，有的找柴生火，有的和面包饺子，有的准备调料，忙得不亦乐乎。趁此机会，我与长发同桌借找柴之机，互递了一个眼色，溜出人们的视线，向密林深处走去。突然一条溪沟挡住了我们的去路，我一个箭步就到了对岸，怎奈女生生性胆怯，红着脸说："妹我要过河，哪个来牵我吗?"我环顾了一下四周，寂无一人，这时胆子也大了起来，心想：同桌了那么久，感觉她也有那么一点意思，只是没有表达出来而已。今天这么好的机会，就顺势而为吧。于是我一把拉住她的纤纤玉手，稍一用力，顺着惯性的作用，她就被我揽入怀中……我原以为这一切都是“天知地知她知我知”的事情，怎么也没有想到居然还有第三双眼睛在高大的桤木后面，把我们的一举一动记录在案了，真还应了一句老话：要得人不知，除非己莫为。

说实话，当时我并没有意识到问题的严重性。我的这一“轻浮”举动，从第三双眼睛进去，再从第三个嘴巴出来时就变味了。没过几天，凌老师就慎重地单独把我喊到办公室，问我：“这个春游活动你干了什么？”我心里咯噔一下，心想这么隐秘的事情怎么就暴露了呢？不会吧！我正想抵赖。凌老师又开口了：“有人看见了，你把人家女同学紧紧抱住，强行亲了人家，人家女同学气愤不过，还打了你一耳光吧，不是这样吗？”一听这话，我肺都要炸了，怎么会这样呢？我真是无语了。面对凌老师咄咄逼人的“审问”，我知道自己是跳进黄河也洗不清了，再争辩也是徒劳无益。于是我说：“我悔过！一切都是我的错，我愿意接受老师的任何处罚。”凌老师不无惋惜地说：“现在看来，你的团支部书记是不能再干了，如果事情闹大，到了学校，恐怕更糟糕，能否拿到毕业证都是一个未知数。”其实当时的情景是这样的，有诗为证：“二八佳人隔岸愁，同桌权作渡人舟；揽腰携手过水面，十分春色漫溪流；小心轻放树荫下，垂手无言各自羞。”现在还原当时的事实真相，纯粹是聊以自慰。

走出凌老师办公室，我思绪如麻。回想入学以来，凌老师待我的点点滴滴，我真是不争气啊！辜负了她的殷切希望。我没有做好表率，让“108 班”的花边新闻成为同学们茶余饭后的谈资，我给“108 班”抹黑了。不过，令我欣慰的是，这一事件没给女同学造成多大影响，否则我才是历史的罪人。一段青涩而美好的记忆，就这样无情地被扼杀在摇篮中。这个事件以后，我就被调整到最后一排倒数第三个位置上，也许这才是命运给我安排的位置，入学名单上早就注定，只是到这时我才明白“命里有时终须有，命里无时莫强求”。

人生就像是被随手抛掷空中的硬币，总是在不经意间反转。当一扇门对你关闭时，或许另一扇窗正为你开着。丢掉“团支部书记”头衔，也意味着我学生时代“仕途”的结束。当时我对此并没有多大失落感，后来毕业分配时，我才知道自己的人生之路在此成为“拐点”。失去头上的光环，重新审视周围的一切，很多东西变得更加清晰起来。学习之余，另一样东西引起了我的浓厚兴趣，那就是摄影。没想到，这一爱好在我今后的人生征途上，却起到了锦上添花的作用，也使我在本地成为这一领域的佼佼者。正如爱因斯坦所说：“人的个体差异来源于业余时间。”

那个年代，摄影还是“贵族人”的爱好，我一介农村书生，无论如何是买不起相机的。好在学校有一个搞摄影的柳老师，住在植物园旁边一僻静处，这里少有人光顾。我星期天或节假日没什么事情做，就爱在这里出入，请他拍拍照。在学校牡丹园里，我和室友冉慕琪同学一起留下了我俩人生的第一张彩色照片，为此花去了一个星期的菜票，现在想起来还心痛。久而久之，我就向柳老师提出来想学摄影的想法。买不起相机，就租用。我把母亲悄悄塞给我的零花钱节约下来，租用柳老师淘汰下来的那台已经老掉牙的“珠江牌”120 双镜头反光相机。从此，我就成为摄影队伍里的一名“发烧友”。

初入门的我，要凭感觉确定正确的快门速度和光圈是不可能的。柳老师从最基础的知识入手，给我讲解光圈和快门的关系，讲解如何构图、用光，讲解如何对焦、抓拍等基本技巧，对提高我的摄影技术帮助很大。后来我又专门去新华书店买了一些摄影方面的书来学习，受益良多。拍摄了不少校园风光和同学们活动的照片，虽然谈不上是什么艺术作品，但记录的是我学生时代的真实生活和绚丽多彩的校园美景，至今仍然保存在相册中。这期间，我还参加了语文老师组织的一个文学社团——“绿原诗社”，得到庄剑老师诗情画意的熏陶，给我“颓废”的心里埋下了文学的种子。尽管我给“108 班”丢脸了，但是凌老师并没有记下我的“可恶”，还把办公室钥匙给我，让我平心静气地在那里读书。“人生就是一场苦难，而能经得磨难的人，才能发现人生也是一场快乐。”叔本华的这句话让我大受裨益，使我从从前的阴影中逐渐走了出来。

六

美好的时光都是短暂的，一晃三年过去了。毕业前，还有一件重大事情就是教学实习。按照学校的安排，我们“108班”帮助江油县搞森林资源二类调查。我们小组的实习地点是雁门乡，这是一个偏远的地方，在江油县与平武县的交界处。我第一次进入茂密的原始森林，行走在遮荫蔽日的林间，阴森森的，让人毛骨悚然。突然，我们发现前面不远处的斜坡上一头母熊带着幼子正在悠闲地散步。我们赶紧撤退，生怕我们这些不速之客打搅了人家的恬静生活，继而造成不必要的“误会”。其实真正让我们感到恐惧的不是那两只熊，而是“麻风病”。这里曾是“麻风病”的高发区，为了确保我们的安全，当地党委政府千方百计创造条件，让我们享受到“贵宾”一样的待遇。除了我们林业人，这些地方恐怕极少有外人光顾。不过，刻在我记忆深处的还有这里的高山老腊肉，巴掌那么大一块，晶莹剔透，吃在嘴里，满口流油，肥而不腻。现在回忆起来，仍能迅速调动起我的味蕾。实习是愉快的，不但让知识实现了从理论到实践的飞跃，而且还学到了很多课本里没有的知识。特别是江油县的窦团山，是一处绝妙的旅游胜地。两个突兀的山峰高差数十米，有一根钢索连接，每天庙里的僧人要在这里表演徒步走钢丝的绝技，让人惊叹不已。

两个月的实习期很快就结束了，回到学校把实习报告一交，我们就圆满完成了学业，准备毕业。没多久，学校就公布了毕业分配方案。那年代大中专毕业生由国家统一分配。我们是国家级重点中专，各地市州林业局纷纷伸手要人。所以，除了后任团支部书记、班长和少数品学兼优的同学留在省城外，其余同学都是哪里来回哪里去。我因为有那么一段让同学们都刻骨铭心的“故事”，能够顺利拿到“毕业分配通知书”，已是学校领导高抬贵手和老师鼎力相助了，哪里还敢有其他奢望呢？因此，喜出望外的我又差点在毕业晚宴上闹出笑话来。

毕业晚宴在食堂大厅举行，气氛欢快而热烈，广播里《年轻的朋友来相会》的歌声响彻校园的每个角落。“花儿香，鸟儿鸣，春光惹人醉，欢歌笑语绕着彩云飞……”在这激情四射、催人奋进的歌曲中，同学们个个笑逐颜开、群情振奋。虽有即将分别时的小小伤感，但更多的是收获后的一路欢歌。由于这是我们学生时代的最后宴会，学校特许我们可以喝酒，而且准备了白酒和啤酒两种供大家选择。大厅内人声鼎沸，大厅外广播里“啊，亲爱的朋友们，愿我们自豪地举起杯，挺胸膛，笑扬眉，光荣属于八十年代新一辈……”的仍然歌声嘹亮。宴会开始的第一阶段是坐同一桌的老师与同学间、同学与同学间互相敬酒，渐渐地就演变成本班的老师与同学间、同学与同学间互相敬酒，最后达到高潮时就成为本年级全体老师与同学间、同学与同学间互相敬酒，此时整个宴会大厅乱成了“一锅粥”

……我开始喝的是白酒，才几个回合下来就招架不住了，于是又改喝啤酒，没想到这两种酒遇到一起，醉得更快。有的同学好像还拿掺和着白酒的啤酒来敬酒，这个威力更凶，宴会还没有结束，我好像已经失去了记忆……

我被同学们搀扶出宴会厅的时候，隐隐约约听见广播里的歌声仍在继续：“啊，亲爱的朋友们，创造奇迹要靠谁，要靠我，要靠你，要靠我们八十年代的新一辈……”

后记：离开“108班”，走出校门，有不舍的依恋，但更多的是对现实的无奈。怀揣一颗纠结的心，早已没有入学时的意气风发。带着老师和同学的嘱托，我一路走低，基本上到了“崩盘”的边缘。先到宜宾地区报到，再到长宁县报到，最后被安排在蜀南竹海所在地的万岭楠竹经营所，主要从事森林病虫害防治和科研工作。哪曾想，20世纪80年代中后期，旅游业迅速发展，蜀南竹海荣膺第一批国家级风景名胜区和国家AAAA级景区。我在学校学到的摄影技术和羞涩的文学修养终于有了用武之地，成为宣传蜀南竹海的先行者。随着长宁县委“以竹海兴县，靠竹海腾飞”的县域经济发展战略被提上重要议事日程，我也在这滚滚洪流中实现着自己的人生目标。先后在县内各种岗位上锻炼过，积累了许多对社会、对人生的感悟。利用业余时间，我出版了个人诗画集《守望》、散文集《心泉叮咚》和杂文集《心灵感应》。被中国摄影家协会、中国散文家协会、四川省作家协会、四川省摄影家协会吸收为会员，成为长宁县摄影界第一个也是唯一一个国家级会员，被收录在《长宁年鉴》和《长宁县志》中，算是给了父母、老师、同学、朋友、同事、亲友一个交代“当我回首往事时，我不会因为虚度年华而悔恨，也不会因为碌碌无为而羞耻。”在我毕业三十周年之际，也是我知天命的时候，我能够自豪地说：“我的整个青春和全部精力，都献给了长宁县的摄影事业和家乡奔小康的宏伟事业。”

小 花

小花是一条公狗，来我们家也有五六年时间了。因为身披黄白相间的毛发，于是我们一家人便叫它小花。名字其实就是一个符号，与性别实在没有什么必然联系。习惯成自然。这小花叫久了，有时看着它温顺的样子（吃东西的时候），真会觉得它是一条善良的母狗呢。这小花，名字土，品种也土，是乡村地地道道野狗的种，与市井那些四处流浪的狗没有什么区别。这或许是整个大环境造成的，但最根本的原因可能还是基因扭曲的缘故。

小花是我们家三弟应父亲的要求从一个朋友家领来的，从某种意义上说，三弟才是它真正的主人。刚来时，这小花胖乎乎肉敦敦的，一身黄白相间的毛发整齐有序，俨然一副“小熊猫”的样子，很是逗人喜爱。狗毕竟是人类最忠实的朋友，世界上与人类接触最多的动物恐怕就是狗了。有一位动物学家曾幽默地说，不是人类驯服了狗，而是狗适应了人类。这句话并不是无稽之谈，实在是耐人寻味。《搜神记》里就有一则义犬救主的故事，让人感叹不已。三十多年前“老家那条大黄狗”在我孩提时代留下过深刻的印记，现在仍记忆犹新。

时光在流逝，时代在发展，社会在进步。生活在这光怪陆离世界里的人与动物，不经意中总是表现出浮躁的心境，真是难以捉摸和应对。人暂时不说，还是说说狗吧。不知道从什么时候开始，网络上、电视里不时会有恶狗伤人的事件跃入眼帘，敲动耳膜，让人愤怒、让人痛心。在强大舆论攻势的压力下，职能管理部门立即采用简单粗暴却十分有效的办法——格杀勿论！而且是有组织有领导有方法有步骤的行为。这对于“狗族”们来说显然是灾难性的。那段时间，不管是城市里的宠物狗，还是农村的看家狗，特别是那些乡野的土狗、流浪狗，只要是没有被牵在手里的、搂在怀里的、放在车里的，恐怕都难逃被追杀的厄运。只要见到三五成群、手拿木棍的人，平时那些凶神恶煞的野狗，都要夹着尾巴避让三分。有的地方为了调动打狗积极性，便把成效与收益挂钩，按狗尾巴数计发奖金，这使“狗族”们吃尽了苦头。当然这也是它们罪有应得，谁叫那些恶狗们不守“狗道”，轻易挑战人们的道德底线呢！一时间，狗族们被千夫所指，万人唾骂。

在如此严峻的形势下，为了保全这条看家狗的性命，我们只好响应政府号召——圈养。于是小花在强硬政策的局势下完全失去了“自由”，被父亲用一根铁链锁在院内，不得离开半步。在这弹丸之地，它每天就靠一点残羹剩饭度日。虽然失去自由，但它工作还是尽心尽职的，只要有陌生人接近我家院子，它都会狂吠不止，直到主人大吼一声：“叫啥子!”它才摇着尾巴回到狗窝里。被圈禁的滋味是不好受的，没过多少时日，小花的脾气逐渐变得暴躁起来，哪怕是家人回来，它都要狂吠半日，以表达不满。特别是随着年龄的增长，雄性荷尔蒙在它体内不断积聚，并充分发挥作用，一听见远处母狗颇具诱惑力的叫声，那狂躁的心情就愈发明显，经常在那里又叫又跳，一副抓心挠肝的样子。最要命的还是那些发情的流浪母狗（多数是没有尾巴的桩桩狗），不知从什么角落窜来，大肆挑逗小花那颗烦躁不安、蠢蠢欲动的心。久而久之，终于出大事了。

我们家在农村，自然有养鸡喂鸭的习惯。从吃“神仙土、观音泥”年代走过来的父亲是“异常节俭”。在他老人家的倡导下，我们干起了“剩菜剩饭换鸡蛋工程”。我们四兄弟源源不断把剩菜剩饭送回来，又源源不断把新鲜鸡蛋带出去。所以老家饲养的一群土鸡便成为父亲晚年生活的精神寄托，不管到哪里走亲访友，晚间他都要准时回家饲弄那群“宝贝”。有一天，趁父亲外出之机，压抑太久的小花挣脱了铁链的羁缚，不知怎么就窜到鸡窝里去了，把刚出窝不久的十个鸡苗活生生弄死八个。父亲赶集回来，见鸡窝周围一片狼藉，尸横遍野，惨不忍睹！毫无疑问，这里曾经发生了一场屠杀，一场血腥大屠杀！见此情景，父亲气愤之极，好一顿棍棒伺候，直到它夹着尾巴乖乖投降。

受了一顿皮肉之苦的小花规矩多了，见了谁都摇头摆尾，奴性十足。可是好景不长，没过几个月，一件意想不到的事让我们彻底失望了。我们家不但养鸡养鸭养狗，还养着一只猫，这猫没耗子可拿，工作清闲，成天在厨房转悠，期盼能多得一点残羹。尽管如此，由于猫没有伤害到人什么利益，所以猫是自由的。有些事情就是这样，尽管工作努力，只要犯一点错误，总是要被人揪着不放；错误犯大了，棍棒伺候是难免的，狗就是很好的例子。相反，工作不怎么努力，只要没伤害到他人什么利益，吃香喝辣是有的，猫就是很好的例子。我家猫也是这样，每天吃饱了就在离狗窝不远的猫窝里睡懒觉、养精神，有时还伸伸懒腰，喵喵喵地哼着小曲，过着非常惬意的日子，这点让狗羡慕不已。猫槽与狗槽也相距不远，但狗要吃到猫槽里的东西还是很不容易的。狗槽里常常干干净净，给它多少吃多少，所以称为“喂不饱的狗”。猫槽里可不同，有时还有点余粮可供加餐。有一天，我们家吃海鱼大餐，猫在饭桌下弄了个肚儿圆就到隔壁“窜门”去了。还有一碗鱼骨头分成两份，狗一份，猫一份。狗三下五除二就把自己那份吃得汤水不剩，于是开始觊觎猫槽里那份鱼骨美食。趁大家休息之机，狗爬上洗衣台，翻越水泥栏杆，使出浑身解数向猫槽靠近，一会儿挣铁链，一会儿动脚爪，眼看就要大功告成。哪曾想事情就是这么不如意，由于它一门心思都在鱼骨头上，顾头不顾尾，自己的尾巴不知怎么就被铁链给套住了，整个身子悬空着吊在栏杆上，上也上不了，下也下不来，而且越挣扎越紧，痛得它嗷嗷直叫，血都从尾部渗出来了。

听到悲惨的叫声，三弟披衣下床，想方设法帮它解套。不知是本性使然，还是痛得失去理智，这小花居然不分青红皂白朝三弟小腿就是一口。三弟猝不及防遭这一下，肺都气炸了，拿起剪刀就把它尾巴剪除了。人的忍耐是有限度的，超出了这个底线，那就只有迎头痛击。特别是对那些丧心病狂的家伙，只有让它死无葬身之地。父亲后悔没在“打狗运动”中用这条狗尾巴去换几个银钱。所以我们计划着在冬至来临之际，相约兄弟几个一起回老家，美美地弄一顿狗肉汤锅。

三弟毕竟是领它进门的主人啊！面对此情此景，我突然想起前段时间电视里、网络上闹得沸沸扬扬的“讹人事件”。虽然也与两个古老故事《农夫和蛇》《东郭先生和狼》有相通之处，但毕竟这是新社会啊，有一些人怎么也像我家小花狗一样呢！

我理解的“中国梦”

崭新的二十一世纪，注定有许多精彩的记忆是值得记录的。实现伟大中国梦在华夏大地上紧锣密鼓地拉开帷幕的时候，我们中华儿女无不为之欢欣鼓舞精神抖擞，激励着亿万中国人的斗志不懈，为之奋斗。

每个民族有每个民族的梦想，每个国家有每个国家的梦想。中华民族的梦想历史悠久灿烂辉煌，甚至影响着世界人民的价值取向。早在春秋战国时期，我们的先人就对“中国梦”有过阐述。据《礼记·礼运》记载：大道之行也，天下为公。选贤与能，讲信修睦，故人不独亲其亲，不独子其子，使老有所终，壮有所用，幼有所长，矜、寡、孤、独、废疾者，皆有所养。男有分，女有归…… 是故谋闭而不兴，盗窃乱贼而不作，故外户而不闭，是谓大同。

从这段话中，我们完全能够感受到先民们心中的梦想是多么幸福美好，以至于到今天仍然是我们为之而奋斗的目标：到那个时候，天下是大家所共有的，国家把有贤德、有才能的人选出来给大家办事，人人讲求诚信、崇尚和睦。因此人们不单只是奉养自己的父母，不单只是抚育自己的子女；要使老年人能终其天年，中年人能为社会效力，幼童能顺利地成长，使老而无妻的人、老而无夫的人、幼年丧父的孩子、老而无子的人、残疾人都能得到供养。男子要有职业，女子要及时婚配……这样一来，就不会有人搞阴谋，不会有人盗窃财物和兴兵作乱，家家户户都不用关大门了，这就叫做“大同”社会。用心感受这种景况，难道这不就是我们共产党人为之而奋斗的共产主义社会的真实写照吗？

这个凝聚着中华民族智慧的夙愿，经历了2500多年的演变和洗礼，已经深深扎根于国人的心中。适应时代发展趋势，结合国情，党中央又制定了更为明确的奋斗目标，那就是实现中华民族的伟大复兴，使中华民族永远屹立于世界民族之林。具体的目标又是：到中国共产党成立100年时全面建成小康社会，到新中国成立100年时建成富强民主文明和谐的社会主义现代化国家。这就是当代中国人梦寐以求的中国梦的深刻内涵，体现了中国人民的整体利益，是每一个中华儿女的共同期盼。现在，我们比历史上任何时候都更接近中华民族伟大复兴的目标，比历史上任何时候都更有信心、有能力实现这个目标。

但是，要实现这个宏伟的目标，我们还有很长的路要走，还有很多困难需要克服，特别是我们这个脱胎于封建半封建社会的民族，在历史的长河中，经历了太多血雨腥风的苦难，我们是在积贫积弱的基础上，经过了几代人浴血奋战不懈努力才逐步发展起来。170年前的拿破仑就说过一句话："东方一个巨人在沉睡，让他睡吧，一旦醒来，会震惊世界。"习近平同志2014年在巴黎参加中法建交50周年纪念大会上幽默地说："中国这头狮子已经醒了，但这是一只和平的、可亲的、文明的狮子。"现在我们这只雄狮正在沿着社会主义康庄大道阔步前进迈向辉煌。几千年来，中华民族苦苦追求梦寐以求的小康生活正在文化积淀中变成现实。

一个国家，一个民族的强盛，总是以文化兴盛为支撑的，中华民族的伟大复兴，需要以中华文化发展繁荣为条件，没有强大文化的国家绝不是真正的强国。打开中美大门的美国前总统尼克松先生曾经写过一本书叫做《不战而胜》，这本书里，尼克松把东欧形容成"分裂的巨人"，把日本形容成"勉强的巨人"，把我们中国形容成"苏醒的巨人"。但尼克松说：这个"苏醒的巨人"要成为世界上的超级大国，还有艰难的路要走，不是它的经济和军事不行，最关键的问题是中华文化不被世界其他国家的人们所接受和认同。

文化是一个民族的灵魂，是民族振兴的根基，也是民族振兴的终极标志。没有强大民族文化的国家，不可能有底蕴深厚的民族自豪感和自信心，不可能持久地赢得别国的尊重。特别是在实现伟大中国梦的进程中，文化的影响力也至关重要。因此，我们国家于 2004 年 11 月在韩国首尔办起了第一所孔子学院，到 2014 年在世界上 126 个国家和地区办起了 475 所孔子学院和 851 个孔子课堂，共计 1326 所。这个目的是显而易见的。就是要提高中华民族五千年灿烂文化在国际上的影响力，为实现我们伟大的中国梦打下坚实的基础。从这个层面上来说，文化熏陶不仅是要熏陶我们的人民，还要熏陶世界人民。就连意识形态和我们相悖的美国，也早在 2009 年就设立了孔子学院，到目前全美国有孔子学院和孔子学堂 81 所，注册会员 45 万之众，是全世界最多的国家之一。

写到这里，不能不提到一位对中国文化作出突出贡献的人。他就是 2012 年 10 月获得诺贝尔文学奖的莫言。正因为莫言的获奖，在世界上一度掀起了中华文化热。他的书籍一时间“洛阳纸贵”，让很多书商狠狠赚了一把。莫言从另一个渠道把中国文化传播到世界上去，让世界人民享受到中华文明的另一种文化魅力。莫言的作品主要是利用魔幻现实主义的风格，结合许多神话、传说等，构造独特的主观感觉世界，天马行空般的叙述，陌生化的处理，给人们塑造神秘的遐想空间，带有明显的“先锋”色彩等大胆创新而获得成功。他的作品被译成多国文字，在世界上广为传播。他最著名的三部小说是《丰乳肥臀》《红高粱家族》和《蛙》。其中《红高粱家族》改编的电影 1987 年就获得第38届柏林电影节金熊奖，长篇小说《蛙》获得第八届茅盾文学奖。毫不夸张地说，通过官方、民间等各种渠道，中华文化在世界上的影响力正在逐步恢复辉煌。

人人都有梦想，个个都是追梦者。在当前人生价值取向多元化的时代大背景下，每个人的梦想不尽相同，有的如诗歌一样绚丽，有的如散文一样华美，有的如杂文一样铿锵，有的如评论一样缤纷。不管是什么样的梦想，都要与我们自己的实际结合起来，适应时代的要求，把自己的梦想与祖国的强大结合起来，与民族的振兴结合起来，与人民的幸福生活结合起来，这是华夏子孙的共同目标，我们必须携起手来，心往一处想，劲往一处使共同阔步前进。

这让我想起一个真实的故事：有一群科研人员把一只饿了几天的猴子放进一个精心设计的笼子，它发现顶部有一个鲜艳的苹果高兴极了，当它伸手拿苹果时，触动了肉眼根本看不见的红外线，机关立即启动，一股强大的水流直射过来，让它根本无法得到苹果。如此反复几次，猴子筋疲力尽，均以失败告终。最后这只猴子只得垂头丧气地呆在笼子的一个角落里。科研人员又放进第二只猴子，这只猴子看到这个场景心想：那兄弟好瓜哦，那么鲜艳的苹果都不享用，你不要我要。于是伸手去拿，同样的现象发生了。与前面不同的是，这次强大的水流不但阻止了第二只猴子实现愿望，还让第一只猴子跟着遭殃。第一只猴子火冒三丈，照着第二只猴子的脑袋就是一拳头，打得这只猴子眼冒金星，立刻成了“熊猫眼”。第二只猴子还想再试一次，看见第一只猴子凶神恶煞的样子，只得放弃这个愚蠢的想法，乖乖呆在另一角。科研人员放进第三只猴子，这只猴子感到奇怪，它没有马上行动，环视了一下周围，一个老兄奄奄一息，一个老兄是“熊猫眼”，心想这是啥情况呢？可是它还是经受不住苹果的诱惑，犯下了致命错误。它刚一伸手，那两只猴子蜂拥而上，好一顿暴劈，出力最大的是“熊猫眼”。第三只猴子还没有明白是怎么回事，手杆就被打断了。

这个故事告诉我们，任何人都有自己的是非标准和道德底线，不管是谁超越了这个底线，影响到别人的利益，都会受到谴责，甚至迎头痛击。这个故事虽然发生在猴子身上，其实在我们的现实生活中比比皆是，应该引以为戒。因此，在实现自己人生梦想的过程中，要像莫言先生说的那样：立足本职，找好着力点，一步一个脚印，苦干、实干加巧干，用自己勤劳的双手和聪明才智，才能达到成功的彼岸。

只要勇于有梦，敢于追梦，勤于圆梦，我们就永远年轻。

年轻就有力量，有梦就有未来。

品味文化长宁

蜀地竹海长宁，历史悠久，人文荟萃。千余平方公里的大地上，绿意葱茏，绿波荡漾，山川锦绣，秀色无边。进入长宁地界，随处可见“清风徐徐传绿意，轻波渺渺映霞光”的天然景致。由竹文化演绎出的地域文化，承载着长宁厚重的历史。

唐久视元年（公元700年），设羁縻长宁州、羁縻淯州。长宁有着建县1300多年的历史。到明洪武四年（公元1371年），明军定蜀，长宁州属明。明洪武五年（公元1372年），长宁撤州分设长宁、安宁二县，长宁县治今双河，安宁县治今长宁镇。明洪武七年（公元1374年），撤安宁县，并入长宁县，隶属叙州府（今宜宾市），自此，长宁建制沿用至今。长宁据《旧县志》记载：“长宁于蜀南最远，蜀每有事而独晏然自保，民族和睦相处，长久安宁。”而得县名。长宁自古为巴蜀地缘政治要地，是“朝庭扼控西南少数民族地区的重要据点”，是“王朝政府管理‘淯井盐务’的军政要地”。“长宁”取名也有朝庭希冀民族和睦、长久安宁之意。宋代的长宁是长宁历史上经济高度发达的黄金时代，当时泸州“公家百需皆仰淯井盐利”。

古代长宁为汉人领地与蛮夷部落交汇地，后蜀始的七百年间，汉族政权对蜀南少数民族地区的统治不断加强，到明末清初时，蜀南地区的原住民几乎被全部消灭，明清时期的“湖广填四川”运动使长宁地域成为移民开发之地。自从元明时期长宁周边少数民族问题得到基本解决，“淯井盐利”衰退，长宁地域于朝庭的政治、经济、军事地位便迅速下降，但带来了长宁地域及其周边“长久安宁”的社会现实。

据《旧县志》记载，长宁“夙称乐园，以田不粪而肥，地不雨而润故也”，该书还记载长宁县“山有锦屏笔架之奇，水有鳌汇桃源之秀。人文之盛，昔甲全川，钟毓然也。”至于清流，入于岷江，远通商贾，近灌田园，则又戎属一巨镇也。据现代技术监测，长宁县境内负氧离子含量最高可达4.7万个/立方厘米（古河七洞沟），环境水质噪音等质量优于国家一级标准。是国家级风景名胜区、国家AAAA级旅游区——蜀南竹海、古河七洞沟所在地。

元朝经略史刘福就有“古来多士说长宁，文物衣冠照汗青”的赞誉。长宁的竹生态文化就是以蜀南竹海、大竹海为自然生态背景的，以竹元素为主体特色的文化，我们称之为竹文化。古人对竹赋予了丰富的文化内涵，是“四君子”之一，具有亮节、虚心、坚韧、向上等精神境界和人格魅力。苏东坡一句“宁可食无肉，不可居无竹；无肉令人瘦，无竹令人俗；人瘦尚可肥，士俗不可医”，是文人雅士常挂在嘴边的佳句。竹也是高雅文化的象征，更有先贤把竹文化上升到“做官”标尺：“衙斋卧听萧萧竹，疑是民间疾苦声，些小吾曹州县吏，一枝一叶总关情。”体现了郑板桥那种忧国忧民的高尚情怀。北宋诗人黄庭坚在宜宾为官期间，曾写下脍炙人口的《苦笋赋》：“僰道苦笋，冠冕两川……盖苦而有味，如忠谏之可活国；多而不害，如举士之得其贤。”诗人以竹笋寓现实表达了深刻的社会哲理。素有“川南怪才”之称的苏济川还为我们留下了《虫虫歌》等文化精品，被列入省级非物质文化遗产。流行于民间的《车车灯》《僰人篾》（我们称之为花号）也成为国家非物质文化遗产。这些名言警句、诗词歌赋、文化遗产等等都是历代文人墨客为我们长宁县生态文化建设留下的宝贵精神财富。

长宁自古就有“有名胜、出名人”。其文脉在巴文化，东汉中后期沿淯江河谷地带就已融入中原文明，到宋时县境大部分文化已完成了同化于中原文明的过程。唐代，佛来山便建有西明禅寺；宋代，长宁出现古文化黄金时代，王象之撰成《舆地纪胜》，苏东坡购得绣着《春雪》诗的弓箭袋；元时，在三元紫竹山建成“龙泉寺”；自明洪武开国，长宁迎来了文化繁荣鼎盛时期，“龙泉寺”中有全国出类拔萃的学府，仅明朝一代就考取榜眼 2 人、进士 8 人，成为川南文明的翘楚，其中周洪谟官至礼部尚书、太子少保，李永通为翰林侍讲学士、授翰林院编修；清代，川南怪才苏济川留下了《虫虫歌》歌谣，刘春生建藕花洲书院。近代的杜关、杜黄等人也声名远播。在中国革命的历史画卷里，余泽鸿、余文涵、王泽嘉等一代长宁人英名远播，余泽鸿曾任中共中央秘书长、中国工农红军川滇黔地区游击纵队司令员兼政治委员。上世纪八九十年代，著名土壤学家、中国科学院院士侯光炯教授在长宁蹲点搞科研、教学长达 17 年。

长宁大竹海，竹依山长，山因竹美，山竹共生，秀色无边，令多少文人墨客为之惊叹。北宋大书法家黄庭坚游罢这“千峰万壑相回还，纷纷罗列成壮观”的竹海后，惊呼“壮哉，竹波万里，峨眉姊妹耳”，于是提笔写下“万岭箐”三个大字。也像明朝礼部尚书周洪谟《春日还家至武陵溪》记载那样：“十年不到武陵溪，回首东风路欲迷。传舍旧临芳草渡，村居还傍落花溪。依依好树留莺语，淡淡香尘逐马蹄。预想到家闲适处，龟山南畔凤山西。”现在的长宁处处是“有家必有竹，竹影掩农家”的天然画卷。成为多少文人墨客和美术家、摄影家创作的乐园。

改革开放几十年来，许多党和国家领导人曾亲临长宁视察，给予很高赞誉，留下很多名言警句。李鹏总理视察长宁后题字：“蜀南竹海天下翠。”著名书法家张爱萍将军游览竹海后，情不自禁引吭高歌“万顷竹海波涛涌，千年茂林曲径幽”。中国现代话剧史上成就最高的剧作家曹禺先生看过长宁竹海资料后，欣然提笔写下：“云山竹海，天上人间。”为长宁文化发展增添了浓墨重彩的篇章。

长宁古朴纯正的竹文化，历经上千年的发展，成为巴蜀大地一颗璀璨耀眼的明珠，现在正伴随民俗文化、节庆文化和曲艺文化，以龙灯、牛灯、车车灯、花号、花船、链枪、杂耍、高跷、龙舟、虫虫歌、川剧等形式体现出来，展现出了浓郁的地方文化特色。

纯属意外

一个似曾相识的座机电话号码从省城成都打来，赶紧接听，话筒里传来熟悉而亲切的声音：“我是赖老师，这几天有什么重要工作安排没有？我们想邀请你参加四川藏区十条旅游精品线路摄影采风活动。这次活动是省旅游局主办，省旅游摄影分会和自驾游分会承办。我们在摄影分会众多会员中经过严格遴选，你基本符合条件。如果时间不冲突，请尽快给我们一个肯定的答复，我马上把邀请函从QQ上给你传过来。”

乍一听，已是欣喜若狂。这么好的事怎么就落到我的头上了呢？天上还有掉馅饼的事情？真不敢相信这是真的！本来这几天我们长宁县摄影家协会的摄友们正盘算着相约休假采风呢。没想到，赖老师一个邀请电话就遂了自己多年的心愿。不一会，QQ 上一个头像闪烁，电子文档的邀请函发过来了。计划从成都出发，途经茂县、黑水、红原、若尔盖、松潘、汶川等县，整个行程七天，大约两千公里。这条线路是省旅游局重点推出的藏区十条精品线路中的第一条，也是我爱上摄影以来多年梦寐以求的采风线路之一。

得到行程安排表，赶紧上网查询，这条线路不但有上百公里的彩林如梦如幻，还有高山、镜湖、雪山可以欣赏。那几亿年前形成的达古冰山，茫茫大草原，激动人心的跑马场，以及颇具民族风情的各式藏羌村寨，绚丽风情，更是摄影者神往的天堂。特别是黄河九曲第一湾、月亮湾等著名景点早已令人神往。所有这些高原景色在我脑海里像走马灯一样不断变换，一幕一幕呈现，仿佛自己已经置身那旖旎的风光中，陶醉在藏羌文化的神秘中。

能够有幸参加这次采风活动，对我来说是非常意外的。是省上老师们的关怀，也是自己多年以来孜孜以求的结果。早在两年前，四川省旅游协会摄影分会成立的时候，我就申请加入会员。那时我还在旅游局的岗位上。由于爱好摄影，便经常向省上的老师讨教，不时也有摄影作品在《四川旅游》等报刊杂志上发表，给省上老师们留下过一些印象。特别是 2012 年 10 月我选择近二十年的摄影作品，结集出版了个人诗画集《守望》以后，更得到省上老师的帮助，推荐我加入了中国摄影家协会，成为长宁县历史上第一个加入该协会的会员。

按照行程安排，向单位领导请了假。于是带着满满一腔喜悦的心情，带好设备，向成都出发。

有人说，机会是给有准备的人。我能够受邀参加摄影采风活动，为藏区人民服务，这在我人生道路上也是一个值得记录的闪光点。本来人生的目的和意义也是在于为更多的人服务，特别是在这种专业性强的领域，能通过自己的不断探索、积累和奋斗，获得国家专业机构认证，为更广大的人民服务。从另一种意义上说，这也是一种人生成功的标志。

意外收获

到了成都，第二天一大早我们摄影采风团一共13人在四川省旅游局大门外集合出发。赖老师拿出早已准备好的黄色“队旗”，大家一声：茄子！相机时间就定格在2014年5月10日上午7时30分。此行又认识了几个“神交”已久，但又是第一次见面的摄友，自然欣喜无比，“有朋自远方来”，这也算意外收获吧。

更大的“意外收获”来自于第一个摄影点：汶川萝卜寨。这个点本来是没有安排在行程中的，但带队的赖老师听说我们好几个人都没有去过“云朵上的街市”，于是临时改道来到这“云朵羌吧”。车沿盘山公路走了近半个小时，来到半山腰的一处开阔地带，人仿佛已经置身天庭，云朵就在脚下，岷江大峡谷景观展现在眼前。极目眺望，但见公路蜿蜒，耕地成型，岷江仿佛从天际间滚滚而来，鳞次栉比的工厂、农舍散落在青山绿水间，一派欣欣向荣的景象。灾后重建的成效令人振奋，人间奇迹就发生在广袤无垠的中华大地上。

来到尚存的残垣断壁地震遗址前，一栋微倾的楼房好像还在诉说着当时的不幸。我带着沉重的心情，越过警戒线，爬上二楼，钻进大厅。此地早已人去楼空，破损的家具遍地散落，尘埃满地。2008 年 5 月 12 日 14 时 28 分的情景又在我脑海里浮现：那场百年未遇的特大灾难，震中正是这汶川县，一下就夺去了十多万鲜活的生命。身临其境，此时我仿佛感觉到地动山摇，泥石飞奔，房倾屋塌，美好的家园顷刻间变得满目疮痍。

这栋破损严重的楼房是一家酒店，在地震中没有倒塌，但强烈的震波使房屋严重损毁，大厅里两块玻璃被拉裂后碎而未掉。透过碎玻璃，我看见近处的地震遗址和葱茏的花草树木。远处是新建的羌式民居，一栋栋房屋排列整齐、错落有致，在青山环抱中，在翠绿掩映下，被蓝天白云衬托得耀眼夺目，“云朵上的街市”依然美丽。

我选择支离破碎的玻璃做前景，透过斑斑点点的玻璃，把地震遗址做中景，合焦在灾后新建的房屋上。照片记录时间是2014 年5 月10 日11 时48 分，此时距特大地震已经整整六年了。这些耀眼的元素组合在一起又是一幅天然油画。这张名为：《灾后新生》的照片，给人以直观的感觉和想象的空间，也反映出四川人民在党中央、国务院的坚强领导下，得到全国人民和世界人民的鼎力支持，经过艰苦卓绝、惊心动魄的斗争，取得了抗震救灾的决定性胜利，创造了人类抗灾救灾史上的奇迹。这应该是我此行一个不小的意外收获。

或许摄影的乐趣就在这里，当你经过千辛万苦的跋涉，无意中拍摄到一张绝无仅有，且意义非凡的照片时，那种强烈的成就感油然而生。摄影人也就是在这种患得患失中享受着别人无法体会的快乐吧。

走马观花

这天的行程要从早上5时30分说起。摄影人有个习惯就是每天凌晨四五点就要醒来看看天色，如果有星星高悬天穹，晓雾弥漫大地，那就赶紧动身，奔赴早已观察好的摄影点，等待第一束阳光从地平线上冉冉升起。很多振奋人心的照片就是在这个时候拍摄的。

第一次留宿茂县县城，对这里的地理环境条件实在不熟悉，也无从得知最佳机位在哪里，只有凭感觉取舍拍摄角度。和往常一样，我在凌晨5点醒来，掀开窗帘：但见群山环抱中的县城仍在睡意朦胧中，奔腾的岷江穿城而过，东方已露出鱼肚白，远山如黛，晨雾漂浮，偶有夜行车划破寂静的夜空，勤劳人家已经燃起了袅袅炊烟，大地渐渐从睡梦中苏醒过来。

我整理好摄影设备，一个人向宾馆背后的高山进发。高原上的空气格外清新，晨风吹拂，让人神清气爽，我这个一直生活在低海拔区的人，沿着羊肠小道一路疾驰后，便气喘吁吁，不一会儿已是大汗淋漓。到达山腰，举目远眺，县城景色早已映入我眼帘，进入我镜头中。

早餐后直赴色尔古藏寨，地方政府很重视，派了一个旅游局的工作人员来给我们当向导。这是一位不折不扣的美女，身材高挑，面若桃花，一双水灵灵的大眼睛，透露出聪明与智慧。她自己介绍说，她叫泽登卓玛，是地地道道的本地人。卓玛说：色尔古藏寨位于黑水县东部，与茂县接壤，“色尔”在嘉绒藏语中意为盛产黄金的地方，色尔古藏寨被誉为“中国嘉绒藏族第一寨”和挖掘研究川西高原文化的“活化石”。古时候，色尔古人为抵御外族的侵犯，就地取材依山傍河修建了这座由石头搭建成的藏式山寨，又因为该地区为藏、羌、汉族群居地区，色尔古藏寨不可避免地受到了羌、汉两族文化的影响，形成了独特的建筑风格。

穿行在这古老而神秘的寨子中，到处是拍摄题材。但查看片子，似乎觉得少了点什么，仔细品味，方才感觉这些照片呆板而没有灵气。于是带队的赖老师旋即与卓玛商量，请她临时充当一下我们的模特。卓玛二话没说，立即跑回家中，换了一套本民族的特色服装。当卓玛再次出现在我们的镜头中时，那简直就是一朵高原上含苞待放的格桑花。我们沿着寨子里的石板路前行，发现寨子阶梯密布，纵横交错，别有洞天。在一处处别致的建筑前，只要卓玛随便一个“POSE”，“咔嚓咔嚓”的快门声立即响成一片。

当我们再次聚焦色尔古藏寨的全景时，已是晌午时分。在路边一餐馆简单午餐后，就直赴坪头羌寨，哪曾想还有一位羌族美女早已等候在那里。

坪头羌寨是“5·12”地震后，整合两个保留历史传统羌文化精髓的古寨资源，在恢复重建基础上，精心规划的新兴旅游景区。走进景区，一股浓浓的原生态羌族民俗文化扑面而来，在这里可感受历史悠久的土司官寨文化、羌族饮食文化、羌绣艺术文化等羌族各领域的非物质文化遗产。坪头羌寨还是世界上绝无仅有的羌文化活态博物馆。

刚一下车，摄影师们的目光就被广场旁边一处羌族服饰专卖店所吸引。一位身着鲜艳羌族服装的姑娘端坐店中，周围挂满了花花绿绿的各式羌族服饰。最引人注目的是姑娘面前那台老式织布机，上面缀满了五颜六色的丝线，姑娘正在用她的巧手编织着心中的五彩梦。我们一群“好摄之徒”像饿狼一样扑将过去，选择角度，调整方位，不断变换光圈和快门，不时嘴里还大声喊道：“美女，看我这里；美女，看我这里。”在一阵“咔嚓咔嚓”声中，纺织女端庄秀丽的形象就被我们定格在方寸之间。

悲喜交加

这一天的行程安排得紧锣密鼓，我们也经历了“兴奋—遗憾—喜悦—愤怒”的心情大转折。那真是“祸兮福之所倚，福兮祸之所伏”。

按照行程安排，一早我们就从黑水县城出发，向达古冰川进发。沿途蓝天白云下成群的牛羊和五彩斑斓的经幡，在远处皑皑白雪的衬托下，无处不在展示着藏区特有的地域风情和民族特色。这些“成像元素”对身处内地的摄影家来说，是颇具吸引力的。车内对讲机里不时传来同伴们兴奋的声音：“快停下，快停下。”本来30公里的路程却被心满意足的摄影师们折腾了近2个小时。

到达达古冰川时，大家的心情降到了“冰点”，那曾想这“冰点”心情却伴随着我们整整一天。

本来达古冰川是我们此行的重要拍摄点。在阿坝旅游线路上，达古雪山是很多游客的主要选项，我们也有责任向游客揭示冰山的神秘面纱。因为达古雪山形成年限达亿年，山顶终年积雪，气势磅礴，山峰错落有致，在阳光的照射下银光灿灿，十分壮观。不知是我们的愿望过于迫切，还是山神有意让我们眷恋。当我们一行到达索道站的时候，被工作人员告之：景区停电，索道无法运行，正在准备自行发电。

于是，我们又空出心情来认真看景区介绍：这里环境保护良好，生物多样性完整，垂直分布明显，资源组合较好，既有现代山地冰川，又有瀑布、湖泊、原始森林、成片的杜鹃林和星罗棋布的草甸，而且景区内野生动物的可视率极高。到处展现出一幅幅精美的民俗画卷，常常会给游人带来意想不到的惊喜。

不一会儿，随着工作员一声令下，我们屁颠屁颠地向索道站涌去，刚排好队准备进索道站，工作人员却再次宣布：发电机线路爆裂，没有材料维修，索道无法运行。这一情况让我们沮丧无比，满满的一腔热情就被这突发事故给浇灭了，达古冰川的神秘画卷就只能保存在我们的想象中，甚是遗憾。当然值得庆幸的是，不是在索道运行中发生事故，不然那才叫天天不应，叫地地不灵。

带着“冰点”心情，大伙一路无语，继续向若尔盖九曲黄河第一湾前进。越过长江与黄河的分界线——红原县查真梁子，就是一望无际的红原大草原。查真梁子在红原南部丘状高原之巅，海拔4345米，是这一带的制高点。这里山势虽无奇绝之处，却因丘原两侧有二水发源，一入黄河，一入长江，为一大奇观。

站在查真梁子垭口上眺望，二水争流印入眼帘。极目远眺，但见丘原起伏，牛羊成群，景色甚为壮阔。面对如此美景，摄影师们少不了又是一阵“狂拍”，特别是听领队的赖老师说，这里还有一个美丽的故事，大家的“冰点”心情才渐渐有所好转。相传有个俊俏仙姑，身着五色彩衣，于山顶执金梭编经织纬，绵亘百里上尽铺氆氇。一日，忽遇暴雨，仙姑起身抖氆氇，雨水各顺一方而流，于是北边水草丰盛，西南农田丰美，一为牧区，一为农区。1953年修筑“成阿”公路时，筑路工人因听见“察卜毡”的声音，这曾称为“插针梁子”，现在叫“查真梁子”，大概也是从这个谐音而来。这里是从南路进川西北草原的唯一通道。

穿行在这辽阔的大草原上，天高气爽，绿草如茵，浩瀚神秘的宗教文化，绚丽多彩的藏乡风情扑面而来。这个季节草原上的格桑花和许许多多的野花尚未绽放，只有一种我们叫不出名字的紫色花星星点点点缀在草原上，给这时的草原带来了无限生机，到处呈现出“天苍苍，野茫茫，风吹草低见牛羊”的神韵。移步换景的美色，被我们一一收藏到大容量的存储卡上。

正当我们还沉浸在收获的无比喜悦中时，突然路边一个交警模样的人示意我们停车。此时我们的车到了若尔盖县九曲黄河第一湾的唐克路。从后面匆忙赶来的一辆挂民用牌照的“坨儿车”拦在车前，下来一个身着交警制服的人，二话没说，拉开我们车的驾驶室门，到处乱翻一通，随手就把一个根本没有使用的“电子狗”拿走了，然后开着那辆“坨儿车”扬长而去。

面对这突如其来的变故，我们一直是懵懵懂懂的，不知道发生了什么事情。难道这是彪悍的若尔盖人民送给我们的“见面礼”吗？不应该啊！我们是奉命而来宣传若尔盖的，不应该有如此“礼遇”！是交警执法吗？也不像啊！拿走我们“电子狗”的人，虽然身着警服，但既没有警衔也没有警号，执法时更没有出示任何执法证件，还开着一辆民用车。下意识里，我们感觉是不是遭抢劫了。在无处说理，无处讨回“电子狗”的情况下，同行的一位朋友把此事以《唐克路上遭遇若尔盖“交警”野蛮执法》为题写了一篇文章放到了腾讯微博上。

此时的我们，刚被茫茫大草原调动起来的美好心情，一下又回到了“冰点”，甚至比“冰点”更糟糕，只剩下愤怒了！

旅行的目的是什么？对于所有游客来说，旅行可不是拿钱找气受的！在比较成熟的景区，特别是那些把旅游作为支柱产业的地方政府，都在千方百计为旅游创造宽松的外部环境，想给游客一个宽松、和谐、快乐的旅游环境，让游客高兴而来、满意而归。至于我们在若尔盖县遭遇的这一小插曲，或许并不是职能部门一贯的主张吧。有时候“一颗耗子屎还真就坏了一锅汤”。

美不胜收

黄河九曲第一湾的景色无与伦比。尽管头天遭遇了尴尬的一幕，但我们愤怒的心情渐渐被眼前的美景所取代。

九曲黄河第一湾位于若尔盖县唐克乡，距红原县城78公里，地处草原腹地。清澈的河流水势平缓，蓝天白云，绿草繁花，帐篷炊烟，牛羊骏马，盘旋的雄鹰，如诗如画，气象万千。曲折的河水分割出无数河洲、小岛，渔舟横渡，被中外科学家誉为“宇宙中的庄严幻影”。

我们下榻景区内的黄河第一湾大酒店，这是一个按藏式风格建设的四星级酒店。在蓝天白云的映衬下，浓烈的藏族风景首先映入眼帘，与雪域高原的壮丽自然景观浑然一体，给人以古朴、神奇、粗犷之美感。稍事休息，我就迫不及待地融入这神奇的九曲黄河大自然中。

头顶炎炎烈日，沿着木质曲径回廊，我一个人来到黄河边，一场别开生面的“法事”活动映入眼帘。一打听，方知这里此时一寺庙的百余僧众正在举行放生仪式。这是我有生以来第一次亲临这样的活动现场，对我来说，什么都觉得新鲜、好奇。放眼望去：在一个硕大的伞形经幡旁，一辆充氧的罐式货车静静地停放在草地上，周围站满了身着褐红色僧袍的喇嘛，一条彩色塑料布带从罐车位置直达黄河。两位长者头戴毡帽，席地而坐，手持转经筒，神情肃然，面对静静流淌的黄河，口中念念有词，仿佛在为生灵回归自然真情祈祷。主持人一声令下，几个年轻力壮的喇嘛一跃而上，井然有序地把一桶桶鲤鱼从罐车中取出，旁边两个喇嘛顺势就把鱼儿沿彩色布带缓缓放入水中。此时，布带两旁的众僧欢呼雀跃，脸上洋溢着幸福。我举起相机，一阵高速连拍，一张张生动画面连同我喜悦的心情，瞬间就被收录到存储卡上。

意想不到的事情还在后面，真是让人大开眼界。当我忘情于放生那激动人心的场面时，偶然一抬头，发现毗邻草地上两个年幼的喇嘛，正欢天喜地蹦蹦跳跳地放风筝。我赶紧跑过去，以两个小喇嘛一前一后追逐的影像为前景，以放生活动场面为中景，以蓝天白云为远景，选择好角度，来不及半刻犹豫，立即按动快门，一幅欢乐、祥和的画面就成像于我的相机中。尚未来得及查看照片效果，一侧身，离我仅一步之遥的另一位年长喇嘛立即引起我的关注。此人身材魁梧，头发花白，褐色的脸上皱纹密布，颈部挂着的各色念珠和饰物点缀在赤裸的上身上，尤为引人注目。我请求他拿起转经筒，面朝阳光。我选择一些经幡做背景，把这个独一无二、历经沧桑的游方喇嘛记录在相册中。我正欲转身离去，这位喇嘛“喂”的一声把我叫住，我不知何故！以为他要看看刚才拍摄的照片。结果他对我既摆手又摇头，并张开左手向我比画着，嘴里直喊：“五块。”这下我终于明白了，赶紧掏出一张10元人民币递给他，逃之夭夭。

能够拍摄到我人生中如此多的第一张照片，我的心情无比激动，真是不虚此行，早把头天的尴尬抛到九霄云外。有人说：“这人世间到处都充满着美，就是缺少发现美的眼睛。”摄影人以自己独特的视角在镜头里寻找着快乐，调节心情，这也许就是摄影的最大魅力所在。

据多次来过此地的周先生介绍，九曲黄河第一湾宛如银色缎带，阳光下波光粼粼，登高而观，其壮观景致使人顿生膜拜之感。而且朋友还说，最美的景色是在黄昏时候，如果运气好，还可以欣赏到“落霞与孤鹜齐飞，秋水共长天一色”的壮丽景观。

我们沿木质步道拾级而上。在步行道的对面，转山的藏族信众络绎不绝，其中一位老妈妈尤为引人注目，带着高原红的脸上布满皱纹，略显憔悴，身负笨重的藏族服饰，手执两根拐杖，正三步一歇地往山上走去。不远处，一匹黑马正悠闲地在草地上进食。我端着相机，调整好焦距，等待最佳拍摄时机的到来。约莫过了半个时辰，老妈妈才步履蹒跚地进入我的镜头中，正当她走到专心进食的马儿面前，抬头向我们一瞥的一刹那，我看到的是沧桑而虔诚的目光，我迅速将其定格在一张后来被命名为《朝山者》的图画中。

尽管三十年的摄影历程，让我练就了一副强健的体魄，但在这高海拔地区竞攀，到达山顶时，我还是气喘吁吁、大汗淋漓。不过同行的十多位摄友中，有七位年事稍高的已知难而退了。落日时分，我和周老师、刘老师终于达到九曲黄河第一湾的山巅。此时，山风越来越烈，湿透的衣服在体温和风速的共同作用下，已露出点滴渍斑。渐渐地，夕阳开始一点点变红，缓缓朝山边落下，整个河谷笼罩在了一片金黄之中。我们在这如梦如幻的大自然中，360°全景加俯仰拍摄，一张又一张精美图画呈现在取景框中，我们真切地体会到了“无限风光在险峰”的快感，整个身心也得到前所未有的解脱。

意犹未尽

第二天一大早出门，呈现在眼前的是一片北国风光。昨天晚上下雪了？同伴们个个都发出惊讶的叫声！对于我这个川南人来说，更是惊喜不已。等不得大家一起出发，我拿起摄影器材就往山上跑，为的是想看看雪景中的九曲黄河第一湾是个什么样子。当我们踏着厚厚的积雪到达半山腰的时候，回头眺望，一幅夏冬交融的画面呈现在眼前：我们昨天晚上居然就住在“雪线”上，往高处观景平台走是“千里冰封”的冬天景致；往低处看九曲黄河“绿草如茵”的夏天牧场。这样同时生活在两个截然不同的季节里，还是我人生中的第一次，让人回味无穷。

告别九曲黄河第一湾一路西进，我们在若尔盖大草原上穿行。出发时，带队的赖老师说：今天要做好长途跋涉、打持久战的准备。而且他还特别强调，我们今天的目的地是降扎温泉。

若尔盖大草原一碧万顷，到处是“肥壮牛羊漫山野，悠扬牧歌驻行人”的天然画卷。或许是上苍的有意眷顾，或许是命运之神的特意安排。我们出发不久就遇到两个年轻牧民正赶着一群牛转场。这个画面，以前我在很多摄影杂志上、网络上看到过。天空蓝得如同孩子们用蜡笔涂上去的一样，大朵大朵的白云，像棉花一样静静挂在头顶；翠绿的草地随着丘陵的曲线微微起伏，柔软地铺到天边。那首脍炙人口的歌《草原上升起不落的太阳》描写的就是我们眼前的场景。公路上，百来只大大小小颜色各异的牛儿，在头牛的带领下有秩序地慢慢前行。两个年轻牧民嘴里不时发出“喔喔喔”的声音，手里还不断挥舞着鞭子，却没有一次真正落到牛身上。

我第一次见到这样的场面，心情很激动，跳下车就直奔牛群而去。拿着相机，对着牛群就是一阵狂拍，待仔细查看时，才发觉全部是废片。我不甘心天赐良机就这样从眼前匆匆流失，慌忙追到牛群前面，在路旁一土丘上选择好机位，焦急地等待“心中画面”的到来。

车继续前进，除了驾驶员外，其他人都在埋头查看刚才拍摄的牛群转场照片。驾驶员突然惊喜地说，好多羊啊！我们抬头往车窗右前方望去。果然，在绿绒般高低起伏的草甸上，星星点点布满了悠闲进食的羔羊，好像一颗颗镶嵌在绿毯上的白玉。这幅图画让我们惊喜不已，叫驾驶员赶紧停车，在路边拉开架势就是一阵狂拍。正当我们觉得这画面中还少点什么的时候，不远处两个牧羊人心有灵犀地骑马朝我们跑来，在恰当位置，我相机设置的高速连拍模式一瞬间就拍下十多张照片。又是移步换景地前进，坑坑洼洼的路面根本影响不了大家的拍摄热情。不时又有风景流过车窗前，对讲机里喊停车的声音一浪高过一浪。在赖老师的再三催促下，大家才依依不舍奔向下一个景点而去。即使在车上，大家也还沉浸在刚才收获的镜头中，流连忘返。

不知不觉就过了晌午时间，我们来到一个叫黑河村的地方，在一个简陋的路边店吃了顿简单的午餐。这顿午餐是地地道道的藏家牛肉面块，味道自不必说，但那土生土长的牦牛肉却让我们很费劲，牙力不好的杨老师一点没有享受到如此美味的牛肉。午餐时，得到一个信息：热尔大坝正在举办赛马节。此时，我们却不知道，在这广袤无垠的草原上，若尔盖县公安局已经撒下了一张大网，到处捕捉我们的信息，局长和政委则带着人沿我们的行进路线追赶过来。

到达热尔大坝时，赛马活动已接近尾声。热尔大坝在藏语里的意思是“神仙居住的地方”，它是仅次于呼仑贝尔的全国第二大草场，以其广袤、深邃、苍茫、壮美的自然景观和帐篷如舟、牛羊撒欢、牧人高歌、赛马会等人文景观，吸引着南来北往的中外游客驻足观赏，尽情享受大自然展现给草原的神韵。

我们来不及半点犹豫，在赛道旁的草地上选择机位，架设三脚架，调整相机拍摄模式，设置感光度、光圈和速度。不一会儿，随着“啪”的一声枪响，八个年轻的赛马手就在寒风中向我们疾驰而来。“踢踏踢踏”的马蹄声由远及近，赛马手风驰电掣般的飘过我们的镜头。尽管如此，我用高速连拍的模式，还是把马儿奋勇争先的威武雄姿和赛马手的飒爽英姿连同尘土飞扬的场面，一帧一帧地清晰记录了下来。我正准备用另外一种摄影技巧再次拍摄时，比赛结束了，真是意犹未尽，令人好生遗憾，不知道什么时候才能了此心愿。

正当我们醉心于赛马场的热烈气氛时，值勤民警发现了我们这群不速之客，并迅速报告了苦苦等候消息的公安局长。

车继续向今天的目标地降扎温泉前进。离开赛马场不久，前车就发现一辆警车停靠在路边，三个身材魁梧的汉子站在车旁，略带寒意的劲风吹得三人的衣服如旌旗招展。其中一人示意我们停车，刚下车，若尔盖县公安局局长就紧紧拉着赖老师的手说：“实在对不起！让你们受累了！”他接着说，我们在网上得知了唐克路上发生的情况，是我们工作做得不好，今天特意赶来向你们赔礼道歉！”并把“电子狗”还给我们，他还表示一定要严肃处理此事，营造若尔盖风清气正的旅游环境，真心为游客服务。

到达降扎温泉已近黄昏，我们在当地政府工作人员的陪同下，急不可待地向温泉池涌去。虽也氤氲缭绕，但与大众澡堂没什么区别，令我们大失所望，我相机都没拿出来就打道回府处理照片去了。

圆满收官

无论多么热闹，总有清静的时候；无论漂泊多远，总有回家的时候，所以就有了一句：“天下没有不散的筵席。”然而，每一次分别却又孕育着下次的重逢。我相信，我们摄影采风团一行短短七天行程留下的深厚友谊，必然会铭刻在每个人记忆的深处，或许哪天我们又会相约踏上新的征程。

告别降扎温泉，一路南行，我们又置身茫茫雪域高原。感谢老天爷的眷顾，再次让我们感受北国风光的独特韵味。车就停靠在路边，眼前白茫茫一片，只有蜿蜒的公路和散落在群山环抱中的村庄仍然显露出无限生机。初升的旭日照到民居上，格外引人注目。这是我们南方人少见的“高原水墨画”的天然画卷。选择好角度，随便按动快门，张张都是我心目中的“大片”。

我们是当天第一批到达花湖的游客，景区已被被积雪装扮成洁白的童话世界。花儿和小草被厚厚的白絮覆盖着，一丝儿影子也没有看见，此时的花湖变成了雪湖。我们小心翼翼地行走在木制栈道上，脚下有节奏地发出“沙沙”声。此时我感到离天离水如此亲近，油然而生一种在水一方的飘逸感。湖面并未结冰，各种水鸟飘来飘去忙碌着各自的生计，让我大开眼界。

一群红嘴鸥占据着一个面积不大的小岛。我选择离该岛最近的地方潜伏下来，静静地观察着鸟儿们之间发生的故事。寒风从背后刮来，透气随着时间的推移，已经不断渗入体内，让我手脚开始麻木，托住相机的左手开始微微发抖，我不得不原地小步走动，以制造一些热量让我坚持下去。只要鸟儿一有动作，我就是一阵高速连拍。在那种恶劣的环境中，我连检查照片的时间也没有，却没想到这时的鸟儿们正在风花雪月中上演着一场轰轰烈烈、竞争激烈的爱情游戏。后来检查照片，让我欣喜若狂。鸟儿们“刁鱼归来→示爱求爱→遭遇情敌→竞争较量→终成好事”一个完整的故事，全部在相机 CCD 上。后来我把这组照片组合起来，命了一个题目叫《红嘴鸥的爱情故事》。

带着对红嘴鸥的美好祝愿，我们继续南行，到达川主寺已是掌灯时分，我们便迫不及待扑向餐厅，并不是因为大家一路车马劳顿，饿得饥肠辘辘，而是我们的领队赖老师今天正好 60 大寿。大家围坐在一个大圆桌周围，生日蛋糕已经摆好，大红蜡烛已经点上，在一阵掌声中，我们为赖老师唱起了《生日歌》：Happy Birthday to you！Happy Birthday to you！Happy Birthday to you！祝你生日快乐！祝你生日快乐！祝你生日快乐！

顿时，欢声笑语便弥漫整个大厅……

幽谷飞瀑

“飞流直下三千尺，疑是银河落九天。”悬挂在长宁蜀南竹海万顷波涛之上的七彩飞瀑，是国家级重点风景名胜区、中国旅游胜地四十佳、国家AAAA级旅游区。

万竿翠竹，碧波荡漾的万岭箐，水是灵魂，其间湖泊、瀑布甚多，极为耀眼。林间深处，喷涌而出的泉水，使得深邃幽深的竹海充满了灵气。山岩跌宕处，每每闪出悬泉飞瀑。山间数十条姿态各异的瀑布中，最为壮观者，当属这“七彩飞瀑”。畅游竹海，此地让人流连忘返。

发源于密林深处的“水潦河”，从回龙桥飞流而下，时而湍急，时而平缓，气势磅礴，极为罕见。瀑布一级接一级，拾级而下，纷纷映入眼帘。有的如彩缎织锦，有的如银帘飞坠，令人目不暇接。

在近两百米的河道中，河水一路款款而行，演奏出一首首欢快的乐曲，一曲未终另曲又起，给这幽静的深谷增添了无限生机。这流水声有时像沙场擂鼓；有时像玉珠落盘。旅游到此的人们，犹如置身一场盛大的音乐会，让人享受到大自然的无限恩赐。

穿越岩壁隧道，置身“落魂台”之下，极目眺望，挂在绝壁之上的瀑布，与庐山瀑布有异曲同工之妙。飞泻而下的瀑布，跌落到谷底的乱石盘上，溅起团团水雾；正午的阳光直射下来，照射在这团雾上，便形成了一道道绚丽的彩虹，云蒸霞蔚，蔚为壮观。

神力黄伞石

耸立于蜀南竹海天宝寨景区悬崖绝壁之上的黄伞石，是一处绝妙的丹霞地貌景观。其形如一把撑开的巨伞，高十余米。北宋大诗人黄庭坚（号山谷道人），于其上手书“黄伞石”三字，刚劲有力，笔墨流畅。据说仙寓洞道长部道人曾在此“伞”下修炼，得道成仙。

说起黄伞石，还有一个动人的传说：竹海深处有一户陈姓兄弟，家境虽然贫寒，但兄弟俩勤劳善良，对未来充满着美好的憧憬。怎奈这山中有一恶霸，早已觊觎兄弟俩那片苍翠的竹林和二亩薄田。于是找个借口，带领家丁抢走陈氏兄弟家中所有值钱的东西。陈大郎气愤不过，万念俱灰，悲怆地从黄伞石悬崖上跳了下去。陈二郎在混乱中逃进了深山。

哪曾想，这黄伞石整天在香熏经绕中已有了灵性，就在陈大郎跳下去的一刹那，部道人用法力保全了他的性命。由于陈大郎受到严重惊吓，一直处于重度昏迷状态。冥冥中，陈大郎感觉到有人在他耳边说："这恶霸是青龙湖中青龙化身，你兄弟陈二郎在仙女湖已经得到仙姑指点和帮助，正在寻找制服恶龙的办法。"果然，第二天黄昏，一道灵光闪现，就见陈二郎和一个仙女飘然而至。服用了陈二郎用恶龙胆熬煮的"龙胆竹汁汤"后，陈大郎才从昏迷中苏醒过来。从此，兄弟二人辛勤劳作，勤俭持家，成为这莽莽竹海的守护神。

自那以后，黄伞石有神力的传说不胫而走。许多来竹海旅游的客人到了此处，除了焚香膜拜之外，还要用竹壳尝尝岩石里流出的山泉，据说这山泉还有一个别名就叫"龙胆竹汁汤"。

邂逅佛来山

“忽如一夜春风来，千树万树梨花开。”在这暮春三月，江南草长，杂花生树，群莺乱飞的季节，我又一次踏进佛来山这花的海洋。我走进花海里，心飘在花海上，随同闹春的鸟儿和踏春的人们尽情地享受大自然的恩赐。

车在花中走，人在画中游。汽车沿着逶迤蜿蜒的公路缓缓而行，我便被花团锦簇渐渐包围。山岗上，溪沟边，农舍旁，处处繁花似锦。粉红的桃花次第吐蕾争艳，雪白的梨花一望无垠，金黄的菜花鳞次栉比，还有很多不知名的野花争奇斗艳。花海中，栋栋新建的农家乐拔地而起，炊烟袅袅，格外引人注目，此时的佛来山如仙境一般。

在这芬芳四溢的世界里，浓浓的春意毫无遮拦地急速涌进游客的心房，个个“春心”荡漾。乡间小道上，踏春的人们三三两两、欢声笑语；花丛中，漂亮的姑娘们变换着各种姿势拍照留念；绿茵草地上，情侣们激情相拥，尽情享受这浪漫春光；农家乐里，腊肉飘香，鲜嫩的豆花让人垂涎欲滴。此时的佛来山又成为快乐福地、幸福天堂。

我拿着相机在花丛中寻觅，从这山到那山，从这边到那边，从这朵到那朵，朵朵鲜艳，朵朵娇嫩，叫人欲罢不能。明媚的阳光下，蔚蓝的天空中忽然飘来一抹粉红，那是“桃花仙子”下凡，婀娜多姿的身材，含情脉脉的眼神，轻歌曼舞着向我款款而来。一眸一笑间，花儿失去颜色，枝头悠扬婉转的鸟儿也惭愧地低下高昂的头。我笨拙地调整方位，寻找最佳拍摄角度，那优美的舞姿连同羞涩的花儿瞬间凝固了我的光圈和快门。

感谢上苍的眷顾，带着这份惊喜，我们牵手漫步在林荫小道上，徜徉在大自然的怀抱中，如痴如醉。夜幕像柔曼的轻纱，渐渐向广袤的大地罩来。远眺群山，那莽莽苍苍的重峦叠嶂，沐浴着淡淡的夕阳余晖，朦朦胧胧，若隐若现。如血的落日已坠入西山万壑丛中，几束利剑式的余晖从参天老梨树的枝繁叶茂中撒下。轻柔的晚风扑面而来，像温柔的手抚摸着我们滚烫的脸庞，伴随着我们走向地毯式的绿茵草场……

现在的佛来山，已不仅仅是一座佛教名山，它还是“春赏如雪之花，夏观梦幻烟云，秋尝似蜜之果，冬品玉液琼浆”的全国乡村旅游示范点、国家 AA 级风景旅游区，更是人们寻找梦想的花果之山、浪漫之山。佛来山偶遇，挑动了我残留心底的情结，在一山花海中慢慢散开……

我知道，人的一生会有无数次精彩的邂逅，会有很多温馨的串织，那些虽然一纵即逝却潮润我眼眸的感念，那些纵然久远也不能淡忘的阒阒故事，都会在心中渐渐积累，不断堆积成为一份最凝重、最美丽、最隽永的温情，任岁月侵蚀，心境变迁，人们也永远不会漠视，永远倍加珍惜。

我在咖啡屋等你……

今夜的秋雨是我的相思。我们相约在咖啡屋相见，我早早地到来，怕来迟了自己心跳的感觉掉在风里。

依着孤独的窗棂，淡黄典雅的灯光下，我斟满一杯菊花的愁绪，静静聆听走廊里轻微的脚步声，有节拍地敲击着我空旷的心灵。

今夜的风有了丝丝凉意，你会赴约吗？窗外沥沥细雨，轻盈的扣门声之后，闪现出你风尘仆仆的身影！

谁凌乱了你的发丝，谁飘散了你的思绪，我用真情为你梳理。相见恨晚，呢喃话语。曾经受伤的心，我想轻轻为你抚慰。

痴心不改地付出，留在心里的会是怎样的回味？你的天空是否有我的影子，是否因为我的出现，而成为你今生最美的乐曲！

多情的我带着一颗滚烫的心，从来不奢望上苍的赐予。哪知道一个热烈的拥抱，一个轻轻的吻，竟在秋水湖心激起层层涟漪……

我说过我喜欢你，我说过我不伤害你，却不知：一滴飘落叶尖的，竟是你的眼泪……

指尖情愫

相恋在这缥缈的世界，无人知道这段情缘。在我孤独的心里，你像一颗流星，偶尔划过灿烂星空，让我咀嚼慰藉，触发梦呓。

灿烂的阳光伴着玫瑰的芬芳，秋日的晴空弥漫着爱的馨香。唱歌无人喝彩，哭泣无人安慰，伸出的手能否相牵？你说我的渴望能不能多一点？

穿梭在这虚幻的空间，深情凝聚在指尖。两个痴情的幽灵在这里相会，相拥感受不到温暖，亲吻没有气息，你说我的焦渴能不能多一点？

荧光中，我们自由而绚丽。无法预知的未来，我用笨拙的手指一笔一笔地画，一字一字地写，来抒发我对你的眷恋，你说我的思念能不能多一点？

生活在岁月中逝去，我的脑海里常常飘荡着你的倩影。我经常沉浸在情感交流的旋涡中，你为我的生活增添了无限乐趣，带走了往日的愁绪。

啊，把遐想储藏在心灵的角落！夜深人静的时候，打开羁绊的枷锁，让思念的心境在皎洁的月光中自由翱翔……

今夜，我想你……

夜，依然清凉如水，只是再没有微信和QQ提示音的乐章，我告诉自己，曾经“嘟嘟嘟”的声音，只是虚幻中的慰籍，曾经的人只是不经意间歇在梦里。

天亮了，梦醒了，我把潮湿的心放在秋日的暖阳里，把水分慢慢烘干，让自己的心恢复往日的清爽、宁静……

但是，我无法预知的未来，在接下来的每一个夜晚，你的倩影依然会如期来到我的梦中，靠在我肩上，你的鼻子，你的眉毛，你嘴角浅浅的微笑，你眼里一抹的温柔，总是莫名其妙在我枕边浮现。梦魇中，我不敢念你的名字，怕耳光声惊跑了这粉红色的梦。但我很想知道，每次“嘟嘟嘟”的声音是否真实？我还想知道，你是否也在想我，正如我在想你一样。

影子情人

生活的轨迹让我们在姹紫嫣红的季节里交汇，你从五彩缤纷的花丛中走来，带着满身的芬芳，随着轻柔的晚风，弥漫着独特的馨香，迷迷糊糊恍恍惚惚中，滋生着无限遐想。

在邂逅的日子里，你梦幻般的魔影完全占据了我的世界，你姣好的面容，曼妙的身材，渊博的知识，像一簇簇“病毒”慢慢浸入我心房，缠绕我肌体，蚕食我漫无边际的思念。

我用丰满的情感，撕心裂肺的执着，魂牵梦绕地寻觅心际间飘渺的你。走过了匆匆时光，也没有地老天荒，而今策马回望，梦中伊人，在水哪方？

感谢上苍的赐予，偶尔还有情感交流的机遇，你的眼睛里仍然荡漾着摄人心魄的秋水。你的一言一行一举一动，好似一首首乐曲，缓缓流过我心房。

无意中，你说过我们前世有缘，在天涯海角那个地方，在海枯石烂的时候，一定是我们幸福的天堂。

清河谷雨

看吧，窗外，水稻醒了，树芽醒了，诗歌也醒了。春天流淌的绿意，把这诗情画意的小院紧紧包围；

听吧，清河园内，画眉轻鸣，百灵婉转，喜鹊吟唱，多情的诗人们，又在稿笺的田土里种下了三三两两的雷声……

来吧，诗人们、作家们、书法家们；

来吧，画家们、摄影家们、音乐舞蹈家们；

来吧，收藏家们、民间文艺家们；

把这春天的禾苗，一棵一棵，一行一行，一排一排，漫无边际地铺展成，中国正能量。